講談社文庫

神の時空《とき》

三輪《みわ》の山祇《やまつみ》

高田崇史

講談社

三輪山《みわやま》を
しかも隠すか雲だにも
情《こころ》あらなむ
隠さふべしや

『万葉集』

◉登場人物紹介◉

田村暁《たむらこう》　奈良・桜井《さくらい》に住む高校生。夏休みに三輪山《みわやま》に登拝《とはい》する。

豊田一雄《とよだかずお》　奈良県警捜査一課の警部補。

涙川紗也《なみかわさや》　弟橘姫《おとたちばなひめ》の子孫で、鳴石《なりわ》らに命を狙われた過去を持つ。

四宮雛子《しのみやひなこ》　熱海・伊豆山《いずさん》神社近くの山中に住む、四柱推命《しちゅうすいめい》の大家。

火地晋《かちすすむ》　常に「猫柳《ねこやなぎ》珈琲店」の片隅で原稿を書いている老歴史作家。幽霊。

…………

高村皇《たかむらすめろぎ》

磯笛《いそぶえ》**・鳴石・天地否**《あまちいなめ》　高村の部下。

六道佐助《りくどうさすけ》　傀儡《くぐつ》遣《つか》い。

［辻《つじ》曲《まがり》家］

もともとは中伊豆《なかいず》の旧家で、清和源氏《せいわげんじ》の血を引いている。先祖には尼《あま》や巫女《みこ》となった女性がおり、その中にはシャーマン的な能力があった者もいた。現在は、長男の了を家長として、四兄妹で東京・中目黒の古い一軒家に暮らしている。

了《りょう》　辻曲家の長男。渋谷のカレーショップ「リグ・ヴェーダ」の経営者。

彩音《あやね》　長女。神明《しんめい》大学文学部・神道学科大学院生。

摩季《まき》　次女。鎌倉・由比《ゆい》ヶ浜《はま》女学院一年生。

巳雨《みう》　三女。お下げ髪の小柄な小学五年生。

福来陽一《ふくらいよういち》　了のカレーショップの常連客。ヌリカベ。

グリ（グリザベラ）　巳雨に拾われたシベリア猫。辻曲家の一員。

神の時空《とき》

三輪の山祇《やまつみ》

プロローグ

人の感覚には眼耳鼻舌身《げんにびぜっしん》という五感が、そして第六感の「意《に》」が存在している。

しかし仏教では、その上に第七感の「末那識《まなしき》」を、そして更《さら》に第八感の「阿頼耶識《あらやしき》」を置く。

仏教——唯識《ゆいしき》論を近代医学に喩《たと》えることは殆《ほとん》ど意味をなさないが、あえて小異を無視して置き換えれば「末那識」は「染色体」に、「阿頼耶識」は「DNA」になるだろう。つまり我々は、この「阿頼耶識」である「DNA」によって生を営んでいる理屈になる。「識」の存在があるからこそ、我々の生命が今ここにある。

そのように「識」は、太古から人々の体内に存在し、形を変えつつ、今も延々と生き続けている。まさに「ゆく河の流れは絶えずして、しかも、もとの水にあらず」というわけだ。

またこの状況は、蠟燭《ろうそく》の炎にも喩えられる。

炎は一刹那《いちせつな》たりとも同じ形状を保っていない。とすれば「そこに炎は存在している」と言えるのだろうか。

だが、もちろん現実的に、炎はどの瞬間にも存在している。一定の形はないが、確実にそこにある。これが「識」だ。

また同時に、炎が揺らげば、そこには必ず影ができる。光と影との両輪を以て真の炎、「識」と呼ぶべきなのだ。

ところが現在。

人々は光ばかりに目を奪われて、影の存在を忘れてしまった。

いや、それどころか、炎の存在すらも失念しているのではないか。

自分たちに「生」を与えてくれている光り輝く炎と、それに表裏一体となって存在している深い暗黒の影。

人間はいつしか、形状ある物のみを認め、五感によって認識できない物は存在しないと言い切る傲岸《ごうがん》な生き物になってしまった。そしてその思考は、自分一人の力によってこの世界に立っているのだという不遜《ふそん》な驕《おご》りと、瞬時に直結する——。

古ぼけた小さなお堂に、高村《たかむら》皇《すめろぎ》は身じろぎもせず座り、一心に真言《しんごん》を唱えていた。低く、しかし澄みきった声がお堂の中に響き渡る。

「……オン・ソハハンバ・シュダサラバタラマ・ソワハンバ……」

高村の目の前には、絶えず白い煙の立ち上る護摩壇《ごまだん》が。そして煙の向こうには、いつの時代の物だろうか、かなり年代物の木像が立っている。衣冠束帯《いかんそくたい》姿の貴族の木像だった。眉間《みけん》に皺《しわ》を寄せた顔つきのその像は、目を薄く開けて高村を冷《ひ》ややかに見下ろしている。

黒い和服に身を包んだ高村は、その視線を受け、延々と真言を唱え続ける。

「……ノウマクシッチリヤ・ジビキャナン・タタギャタナン・オンバザラギニョウ・キャラシャヤソワカ……」

突然、護摩壇の炎が山吹色に燃え上がり、高村の整った顔立ちをお堂の闇の中に浮かび上がらせた。それはまるで、夜道の月明かりに映える鬼百合《おにゆり》を描いた、妖艶《ようえん》な一幅《いっぷく》の名画のようだった。

目前の炎が静かに退《ひ》いてゆくと、高村は静かに口を閉ざして瞑目《めいもく》する。

どれ程の時が経《た》っただろうか。やがて、

「磯笛《いそぶえ》」

と呼ぶ。

するとお堂の外の廻《まわ》り廊下で、先刻からその言葉を待っていたかのように、

「ここに」

女性の声が返って来た。その涼やかな声を聞いただけでも、美麗な女性と分かる。

「何でございましょうか」

と透き通る声で問いかける磯笛に、高村は返す。

「怪我はどうだ」

「お気遣いありがとうございます」磯笛は高村の背中に向かって平伏《へいふく》した。「おかげさまをもちまして、すっかり恢復《かいふく》致しました。仕事に全く差し障《さわ》りございません」

先日、鎌倉《かまくら》・鶴岡八幡宮《つるがおかはちまんぐう》で、磯笛は火傷《やけど》を負った。その結果、背中まであった艶《つや》やかな漆黒の長髪が焼け焦げ、磯笛は自ら毛先を切り落としていた。しかし、髪が肩まで短くなった分、彼女の初雪のようにきめ細かく整った横顔が一層際立《きわだ》つ。

「動けるか」

「御意《ぎょい》のままに」

「では、出かけてもらおう」

「今回はどちらへ」

「奈良《なら》だ」高村は振り向きもせず、静かに答えた。「大神《おおみわ》神社へ」

「大神……」平伏した磯笛の頬《ほお》が、ピクリと引きつった。「承知致しました。気を引き締めて参ります」

「重荷《おもに》か」

いいえ、と磯笛は妖狐《ようこ》のように微笑《ほほえ》む。

「ありがたく拝命致します」

「今回は」と高村は、その広い肩越しに言う。「おまえに、一人つける。そこの庭に控えている男だ」

「え」

磯笛は驚いて顔を上げる。

髪をハラリと揺らして庭を振り向くと、高村の言う通り、お堂前の地面に一人の男が畏《かしこ》まって正座していた。磯笛の視線の外だったとはいえ、この男は小癪《こしやく》にも、今までずっと自分の気配を消していたのだ。

病み上がりとはいえ、いかにも迂闊《うかつ》だった。

磯笛は、心の中で舌打ちしながら男を見る。

地味な茶色のシャツに黒いスラックス。できる限り目立たぬようにしているのかも知れないが、そんなことをしなくとも人目に留まりそうもない。陰気な顔つき、こけた頰、バラリと垂《た》れた前髪、上目遣《うわめづか》いの視線だけがやけに鋭い男だった。

「天地否《あまちいなめ》という男だ」高村の後ろ姿が言う。「おまえの片腕となってくれるだろう」

「高村さま！」磯笛は膝《ひざ》を進めて訴える。「確かに前回、私めはつまらぬ失敗をいたしました。しかし今回は――」

「まだ、体調は万全ではなかろう」

見抜かれている。

しかし磯笛は、

「私めには、我が娘ともいうべき朧夜《おぼろよ》もおります。それに」吐き捨てる。「このような男――」

「つい先ほど」

と高村は、磯笛の言葉を遮《さえぎ》って告げる。

「猿太《さるた》が死んだ」

「えっ」磯笛は息を吞《の》んだ。「何故？」

「貴船《きぶね》の神の怒りに触れたらしい。神によって命を取られた」

「何と……」

「今回も用心に越したことはない。天地を連れて行け」

珍しいことに高村が、自分を気遣ってくれていることに気づいた磯笛は、再び深く頭《こうべ》を垂れた。

「……御意のままに」

「鳴石《なりわ》が、すでに奈良に入っている」

「鳴石が！　やはり、無事に逃げて来られたのですか」

うむ、と高村は頷《うなず》いた。

鳴石は五日ほど前の事件で愛知《あいち》県警に逮捕され、神奈川《かながわ》県警へと送られたはずだ。おそらくその途中で、うまく脱走したのだろう。やはり「この世」の警察如きでは、鳴石を拘束しておくことなどできはしない。

「奴にも仕事を命じてある。それなりに働いてくれるはず」

「ではっ」

高村の言葉に軽い嫉妬《しっと》を覚えた磯笛は、廊下をにじり進んだ。

「私めの役目は、何でございましょう」

うむ、と高村は答える。

「言葉が漏れぬよう、堂の中へ入れ」

「はい」

大きく頷くと、磯笛は長いスカートを風になびかせて高村のもとに移動する。そして、薫り高いお香に包まれながら、高村の言葉に聞き入った。

その話が進むにつれて、徐々に磯笛の表情が硬《かた》くなる。やがて話が終わると、

「畏まりました」

磯笛は高村から離れると再び平伏したが、その時彼女の白い頬を、冷たい汗が一筋伝った。

1

まさか、こんなことになるなんて！

田村暁《たむらこう》は全身が震えた。

泣きそうになって、ガクガクとくずおれそうになる膝頭を押さえて走る。

でも、悪いのは自分じゃない。あいつだ！

早見淳一《はやみじゅんいち》だ。彼がそそのかしたのだ。高校生活最後の夏休みの記念にと言って。

自分には何の罪もない。

いや、むしろ止めたんだ。

だから助けて！

暁は心の中で叫びながら走った。


数日前のこと——。

悪友の淳一が、

「卒業までに、一度くらいは三輪山《みわやま》に登ってみようぜ。俺たち二人だけで」

と持ちかけてきた。

淳一は暁と同じく奈良・桜井《さくらい》が地元の同級生で、いつも二人でつるんで遊んでいた。夏休みには一緒に海にも行ったたし、冬はスキーも行った。

今、その淳一が提案してきたのは、大神神社の御神体山《ごしんたいざん》である三輪山の登拝《とはい》だ。その標高こそ四百七十メートル弱とはいうものの、摂社《せっしゃ》の狭井《さい》神社脇の登拝口から、往復約二時間。初心者だと、ゆうに三時間はかかるという山道を歩くのだ。

しかも、三輪山は禁足地《きんそくち》なので、登拝途中での飲食は水以外全て禁止。煙草《たばこ》――は二人とも吸っていなかったが――などの火気厳禁。途中にはトイレもないという、なかなかハードな行程だ。

また、辺りの撮影や、山中の草木・土・石などの採取も禁止。その禁を犯してしまったばかりに、罰《ばち》が当たった登拝者が実際に何人もいると聞いた。

暁も、大神神社にはお宮参りの頃からずっと参拝《さんぱい》しているものの、三輪山登拝は、さすがにまだ一度も経験がなかった。しかし周囲には、定期的に登拝している大人たちも大勢いたし、暁も登拝が「大人」になる証《あかし》のように漠然と感じていた。

そこに、高校卒業前にと言って、淳一がそんな話を持ちかけてきたのだ。

暁は、その提案にすぐ乗った。家に戻って家族にそんな話をすると、いつもは口うるさい両親も、この件に関してはすぐ快諾してくれた。そして、いつか家族全員で登ろうと思っていたなどという思い入れまで語ってくれた。

暁は早速、淳一と二人で日程を組んだ。

そしていよいよ、その当日。

狭井神社で登拝の受付をすませると、二人揃《そろ》って「三輪山参拝証」である白い木綿《ゆう》襷《だすき》を首からかけ、それぞれ御幣《ごへい》を手にして神前でお祓《はら》いをする。

暁は、これだけで何となく大人になったような気がした。横目で淳一の顔を見れば、彼も普段になく緊張しているような感触を受ける。唯一持参できるペットボトルには、狭井神社裏手の「薬井戸《くすりいど》」から湧き出る「御神水」を詰めた。この水を飲みながら行くのだ。

登拝口を入ると、いきなり急な山道だった。

暁たちは、ただ黙々と登る。

しかしそれを越えると道は平坦《へいたん》になり、辺りの見晴らしも良く、せせらぎの音さえ聞こえてくる。だがそれも一瞬で、木の小さな橋が架かる川を渡った先は、先ほどよりも一層急な山道となり、登りと下りの参拝者がすれ違うためには、どちらかが道を譲らなくてはならないような状況に変わった。

二人はここまでで既に大汗をかいていたが、更にその先は暁の想像以上に山道がきつくなった。果たして最後までたどりつけるのだろうか、などと弱気になるほどだった。やがて、太い木々がわずかに日陰を作っている急坂を息を切らして登り、あちらこちらに岩がごろごろと露出している難所を何とかクリアすると、ついに頂上に到達した。

久しぶりに体験する達成感に暁たちは大きく一息ついて、御神水を飲む。

言葉が出ないくらい美味《おい》しかった。

体中の水分が御神水と入れ代わって、それが一つ一つの細胞に浸透するような気すらした。木々を抜けて渡る風が心地良い。

頂上に建てられている神社には、何という神様が祀《まつ》られているのか知らなかったが、暁たちはお参りする。それほど大きくはない社《やしろ》だった。その規模だけから言ったら、村の鎮守《ちんじゅ》様という程度だ。

すると、

「この奥に、奥津《おきつ》磐座《いわくら》ってのがあるらしいから、行ってみようぜ」

と淳一が言う。もちろん暁も頷いて、二人はさらに緩《ゆる》い坂道を登って行った。

するとそこには、無数の巨岩と、大小さまざまな大きさの石が、無造作《むぞうさ》に山のように積まれている場所があった。巨石の周囲には、注連縄《しめなわ》が張り巡らされている。ここが「奥津磐座」だ。

　その整然かつ乱雑で、しかしどことなく神々《こうごう》しい風景を眺めている暁の隣で、淳一は辺りをキョロキョロと見回した。そして近くに誰もいないことを確認すると、いきなり注連縄をくぐり磐座に登って行った。

　暁が「えっ」と驚く間もなく淳一は、

「もらっとこ」

　と言って、子供の拳大《こぶし》ほどの石をいくつか手に取る。

「おっ、おい！」

　さすがに驚いて、暁は止めた。

「まずいよ、淳一っ。草木や石の採取は厳禁だって――」

「構うもんか」

　淳一は戻って来ると、汗で光る顔で笑った。

「せっかく苦労してここまで来たんだぜ。お土産《みやげ》の一つくらい、もらっておかなくちゃ。何といってもこの山は、日本有数のパワースポットだからな」

「よせよ！」

バチが当たる——。

という言葉は呑み込んで、暁は窘《たしな》めた。

「早く、元に戻せってば」

「平気だよ」淳一は、さらにもう一つ、同じほどの大きさの石を取った。「おまえにもやるよ。記念に取っておけよ。お守りにもなる」

「い、いや」暁は首を振った。「俺は止めておく」

「大丈夫だって、ほら」淳一は笑いながら、石を手渡した。そして、「ああ、そうだ。伊藤《いとう》の分も持って行ってやろう」

と言うと、また一つ石を取った。

伊藤というのは、伊藤昇《のぼる》。やはり、地元の同級生だった。二人で遊んでいて、誰かもう一人呼ぼうという時には、必ず昇に声をかける。

だがここは——。

「やめておいた方がいいぞ」暁は本気で止めた。「ダメだよ、そんなことしちゃ」

「なんだ。いつから、そんな迷信深くなったんだ」

「い、いや、そういうわけじゃないけど——」

迷信とかいう話ではなく、神は信じている。

特に、この三輪山の神の存在は。

しかし、そんなことを口にしたら思い切り嗤《わら》われそうだったので、暁は黙ったまま、差し出された石を受け取った。

するとその瞬間、自分の体が何か不吉な空気に包まれたような気がした。さすがに我慢できずそれを告げると淳一は、

「おまえが、そんなに神経質で気の小さい男だったとは知らなかったな」

と、やはり嗤った。そこで仕方なく暁は、石を自分のウエストバッグの奥深くにしまい込んだ。

やがて二人は、今度は急な下り坂に何度も足を取られそうになりながら下山する。暁は、登ってくる人たちの挨拶《あいさつ》に視線を返すことができず、ただ俯《うつむ》いてお辞儀するだけだった。

再び汗だくになって下山した暁は、大神神社前で淳一と別れると、ウエストバッグを手で押さえながら、逃げ帰るようにして家に戻った。

そして今朝――。

初瀬《はせ》川の河原《かわら》で、淳一が遺体となって発見されたというのだ！

いや、遺体となってと言うのは正確ではない。通行人が、河原に倒れていた淳一を見つけ、大急ぎで駆け寄った。

するとと淳一は、

「蛇《へび》が……」

とだけ言い残して、そのまま大きく痙攣《けいれん》して事切れてしまったという。

そして淳一のズボンのポケットには、初瀬川の河原で見られる物とは全く違う石が入っていた。果たしてその石が、彼の死に関連している物なのかどうか、奈良県警では一応念のために鑑識に回すようだった。

そこまで聞いた時、暁は戦慄《せんりつ》した。

祖父から、大神神社の祭神の大物主神《おおものぬし》——大国主命《おおくにぬしのみこと》の本当の姿は蛇だと聞いていた。その時は、ふうん、そんなものかと聞き流したのだが。きっと本当だったのだ。実際に、神社境内《けいだい》にある一番太く大きな杉の木「巳《み》の神杉《かみすぎ》」の根元には蛇が棲《す》み着いているというではないか。

淳一は、きっとその蛇神の姿を見たのだ！

そして、ズボンのポケットに入っていたという石は、間違いなくあの日、奥津磐座から盗み持ち帰ってきた石だ。昇に手渡すために持っていたのか、それとも、いらないと断られて持ち帰る途中だったのか、それは分からない。

しかし、確実なことがある。

これは、三輪山の神の神罰だ。

淳一は、三輪山の神に命を奪われたのだ。だから、あれほど止めろと言ったのに。

だが、これが神罰だったとすると……。

次は自分の番なのではないか！

暁は氷水の中に突き落とされたように、全身から血の気が退いて行くのを感じた。

そこで、淳一にもらった石を握り締めると、誰にも何も告げずに家を飛び出し、大急ぎで大神神社へと向かった。とにかく、一刻も早くこの石を返さなくては。

暁は、無我夢中で走った。

淳一は間違いなく、石を盗んできた罰が当たったのだ。だから自分は、神主《かんぬし》さんに全部正直に告白して、お祓いとお祈りをしてもらおう。

果たしてそれで許してもらえるだろうか。まだ間に合うだろうか。それは分からなかったが、とにかくまず、石を元の場所にお返ししなくては。そのために、もう一度登拝するのだ。そう思いながら大神神社の境内を風のように走り抜け、狭井神社まで行ったのだが——。

登拝可能な時刻にもかかわらず、何故か登拝口は封鎖されていて、立ち入り禁止となっていた。

まさか、ここでも何か事件が？

暁は焦って社務所《しゃむしょ》に行くと、

「登拝したいのですが！」

と受付に申し出た。しかし、

「申し訳ありません」巫女《みこ》が硬い表情で、少し引きつったような声で告げた。「現在、都合により登拝は中止となっております」

驚いた暁がその理由を尋ねても、

「具体的なことは分からないのですが……お山で何か事故があったようですので」

「事故って！　どんな事故ですかっ」

「人身に関わることではないようですが、おそらく道が塞《ふさ》がってしまったとか、そういうことのようです」

まさか、これも自分たちのせい？

喉元《のどもと》まで出かかった言葉を呑み込んで、暁は尋ねた。

「全く登れないんでしょうか」

「ええ。全く」

「途中までですか」

「はい。宮司《ぐうじ》より、そのように申し伝えられております。なので今日のところは、拝殿からお山を拝んでいただくしかありません。でも、それでも御利益《ごりやく》は――」

と言う巫女の言葉を、暁は遮って頭を下げた。

「ありがとうございます」

これ以上は無理だ。どうしようもない。

暁は、震える足で社務所を離れながら考える。

万が一その「事故」が、もしも自分たちが引き起こしてしまった神罰だとすると、責任を追及される可能性もある。

それも恐ろしい話だ。

暁の胸の中は、恐怖と後悔と絶望の深く暗い闇で満たされる。

肩を落として狭井神社の境内を出て、握り締めてきた石をこっそりと見れば、石は手のひらの汗でじっとり黒く濡《ぬ》れていた。

＊

大神神社には本殿がない。

だから神社には、寛文《かんぶん》四年（一六六四）に徳川四代将軍・家綱《いえつな》によって再建された、桁行《けたゆき》九間《けん》——約十七メートル、梁行《はりゆき》四間——約八メートル、檜皮葺切妻造平入り《ひわだぶききりつまづくりひらい》の、堂々たる拝殿があるのみだ。

千鳥唐破風《ちどりからはふ》の大向拝《おおこうはい》が飾られた拝殿の最奥部には、大きな明神《みょうじん》鳥居を中心に据えて、その両脇にやや小ぶりな明神鳥居を一基ずつ組み合わせた「三ツ鳥居」が立っている。

この形状の鳥居は、我が国でも非常に珍しく、その成立や起源については詳《つまび》らかではない。そのため古い社蔵文書にも「古来一社の神秘也」とのみ記されている。

三ツ鳥居の中央には「扉」があり、その前面には御簾《みす》が下がっている。というのも、この鳥居は、三輪山に対する神聖な神門の役割を担っているからだ。そしてまた、両脇の小さい鳥居に続いて、左右に十六間の「瑞垣《みずがき》」が設けられ、こちらも通り抜けることはできない造りになっている。

つまり参拝者は、拝殿・三ツ鳥居を通して、その後方に鎮まる三輪山を拝む形になる。三輪山山頂に来臨する神霊を、この場所から拝するのだ。

これがいわゆる「アニミズム」――自然界のあらゆる事物に霊魂が宿るという、八《や》百万《およろず》の神の思想であり、これが本来の日本の信仰の形であると、神職の柏田慎《かしわだまこと》は聞いていた。その根源的な思想に則って、大神神社では三輪山そのものを御神体としているのである。

そして今日もまた柏田は、その三輪山の登拝にやって来た。

大神神社では、神職も毎日交代で登拝を行っている。その目的は、三輪山山頂にある高宮《こうのみや》神社と、その背後、さらに二十メートルほど登った場所にある奥津磐座への参拝だが、参拝者の事故や三輪山での不測の事態に対処するための巡視という意味も持っている、一石二鳥の慣習だ。

しかし柏田は、役割の順番に関係なく、毎週定期的に自主登拝している。それは三輪山への篤《あつ》い信仰心でもあり、幼い頃から毎日仰ぎ見ていたこの山への憧憬《しょうけい》でもあり、もっと嚙《か》み砕いて言ってしまえば、ただ単純にこのお山を愛しているという理由だった。

登拝口である狭井神社の祭神は、狭井坐大神荒魂大神《さいにますおおみわのあらみたま》。本社の荒魂である。

この社では「鎮花祭《はなしずめのまつり》」が、四月十八日に本社に続いて行われる。「大宝令《たいほうりよう》」（七〇一）には、国家の大祭として毎年必ず行うように定められている、二千年来の伝統を有する神事だ。『令 義解《りようのぎげ》』には、

「謂《い》ふ。大神、狭井の二祭なり。春花飛散する時に在りて、疫神《やくじん》分散して癘《れい》を行ふ。その鎮遏《ちんあつ》のために、必ずこの祭あり。ゆえに鎮花といふなり」

とあるし、わが国最初の和方薬集成書の『大同類聚方《だいどうるいじゆほう》』にも、神伝の薬として花鎮《はなしずめ》薬・大神《おおみわ》薬・三諸《みもろ》薬という三種の薬方があり、当時より医薬神としての信仰が窺《うかが》い知れる。また、狭井神社後方には、三輪山から湧き出る「薬井戸」があり、こちらの御神水も、万病平癒《へいゆ》の霊験あらたかといわれている。

狭井神社も本社同様、非常に有難い社なのである。

柏田は、神社前で御幣を手に取って、左右左と自祓《じばら》いし、注連縄をくぐってお山へと入った。

登拝口から急坂を登って、水呑谷《みずのみだに》を過ぎると、この先には、三島由紀夫《みしまゆきお》の小説にも登場する「三光の滝《さんこうのたき》」がある。

三島も実際にこの三輪山登拝をして、その時の様子を『豊饒《ほうじよう》の海「奔馬《ほんば》」』に書いた。小説の中では主人公の若者が、この滝で水垢離《みずごり》をしたという設定になっており、

「水垢離をとる人の小屋が、滝の眺めを半ば隠していた。このあたりは滝をめぐって、森がもっとも鬱蒼《うっそう》としているところだそうだが、森のいたるところに光りがこもっているので、あたかも光りの籠《かご》の只中《ただなか》にいるようである。頂きへのぼる道は、実はここから先が難所なのであった。（中略）こうした苦行の酩酊《めいてい》のうちにやがて近づく神秘が用意されているのを感じた。それこそは法則なのだ」

と、いかにも三島らしい筆趣《ひっしゅ》で書かれている。

そしてその文章の通り、この辺りから段々と坂道がきつく、それに伴って緑も深くなってくる。厳粛なる神域とは、まさにこの場所のことではないか。

息を切らしながら、柏田はひたすら頂上を目指す。

この山はもちろん禁足地であり、登拝が許可されるようになったのはつい最近、明治になってからのことだ。だから現在でも、登拝に際しては、多くの制限事項が設けられている。

また実際に、これらの規定を破って草木や石を持ち帰ったり、風景を撮影したりした登拝者が、後日、真っ青な顔になって社務所に駆け込んできた姿を、柏田は今までに何度も目撃していた。彼らが同様に口にするのは、自分や家族が突然の不幸や事故に遭《あ》ってしまったという話だ。だからお祓いをお願いしますと言って、自らの行為を謝罪しながら、持ち帰った草木などを神社に返していた。

彼らの身に降りかかったという事故が、単なる偶然だったのか、それとも本当に三輪山の神の神威、厳罰だったのか、それは分からない。だが確実に言えるのは、この三輪山には間違いなく「何者」かがおわすという事実だ。

もっとも、そうでなければこの山が、遥《はる》か昔から「三諸の神奈備《かんなび》」と呼ばれ、大勢の人々から奉拝《ほうはい》されるはずもない。

だから柏田も、こうして三輪山を登拝できるという幸せを、登る度に強く感じる。自分と同じように三輪の神を崇拝《すうはい》していた昔人《せきじん》たちは、常に遠くから仰ぎ見るだけで、こうして足を踏み入れることはかなわなかった。この、うねりながら頂上へと続く岩だらけの道すら、頭の中で想像するのみで、実際に目にすることもできなかったのだ。

それを思えば、今の自分は本当に幸せだ。それもこれも、三輪の神の神徳――。

そんなことを思いながら、ゴツゴツとした大きな岩が転がる山道を登る。椎《しい》や樫《かし》の木に囲まれたこの急坂は、もう百回以上も登攀《とうはん》しているが、ちょっと油断すると足を取られそうになる難所で、通称「こもれび坂」と呼ばれている、神体山・三輪山の昼なお暗い山道だ。

そこを過ぎようとした時、柏田はふと、暗く嫌な感覚に襲われた。何度登拝しても、毎回心が浄化されてゆくように感じるこのお山で、こんなことは初めてだった。

いや、気のせいか。自分の体調が少し悪いだけかも知れない。だが、それにしても何となく空気が重い気がする。しかし、この場所に坐《いま》す全ての神に感謝の意を捧《ささ》げながら息を切らして坂を登り切り、高宮神社前の小さなスペースにたどり着いた。

その途端、

〝これは……〟

柏田は、絶句して足を止めた。

何度も目を瞬《しばた》かせる。

悪夢でも見ているのではないか。

一度目を固く閉じ、ゆっくりと開いた。

いや、間違いない。

やはり、あの嫌な感覚は気のせいではなかったのだ。

しかし、こんな酷《ひど》いことが！

冷や水を浴びせられたように全身が凍りついたが、よろよろと神社に近づいた。

「何ということ……」

腹の底から絞り出すように声を上げた。そうでもしないと、言葉にならない。というのも高宮神社が、

「壊されている！」

社の前面に立っていた明神鳥居は地面に倒され、周りを八角形にぐるりと囲っている瑞垣は破壊され、飾られていた注連縄は引きちぎられ、本来ならば三輪山の心地良い風にそよいでいるはずの四枚の紙垂《しで》は地面に散乱している。屋根の男千木《おちぎ》は全て乱暴に引き抜かれ、扉の蝶番《ちょうつがい》は外されて大きく開け放たれていた。

まるで、社の内部で何かが爆発したような有様だった。

草木一本触れてはならないこの神の山で、その頂上に鎮座する社を、ここまで破壊するとは。これは単なる悪戯《いたずら》ではない。ましてや、子供のお遊びですまされるレベルの行為でもない。

間違いなく何者かが、明確な悪意のもとに行った犯罪だ！

昨晩も一般の登拝時刻終了後に、担当の神職が見回りに来ているはずだから、この破壊行為はその後だ。夜中に何者かが、警備の目を盗んでここまで登って来たのだ。おそらくは高宮神社を破壊する、その目的のためだけに。

しかし、一体誰が？

何故このようなことを！

柏田の全身は、心の底から沸き上がる怒りと、抑えきれない恐怖で再び激しく震え始めた。気を落ち着かせようと、何度も大きく深呼吸してみたが、到底収まるものではなかった。

とにかく、宮司に知らせなくては。

青ざめた顔で、息も絶え絶えになりながら柏田は坂道を下る。ただでさえ危うい坂道で柏田は転び、地面に何度も手をついた。しかし、砂まみれ泥まみれになりながら、息を継ぐ間もなく柏田は、麓《ふもと》目指して一時間の道のりを駆け下りた。

そして狭井神社社務所で、今見て来たことを報告すると、呆然《ぼうぜん》と立ち竦《すく》む巫女たちを残し、大急ぎで拝殿へと続く道を駆け戻り、拝殿横の勤番所に飛び込んだ。

「どうしたんですか、柏田さん？」

汗だくで泥まみれ、息も切れ切れの様子に驚き、神職たちが尋ねてくる。柏田は、

「ぐ、宮司を！」

とだけ叫んだ。そして、宮司がやって来るまでに、落ち着こうとして水を飲んだが、何度もむせた。

やがて、

「何があったんだ」

と言いながらやって来た宮司に向かって、柏田は三輪山山頂での出来事を告げる。すると、常に冷静なことで定評のある宮司の顔色も一瞬で変わり、

「すぐに行って来る」

と言うと、何人かの神職を引き連れて、勤番所を飛び出して行った。

柏田は、もうさすがにそこには加われない。彼らの後ろ姿を見送りながら、ぐったりとイスに寄りかかり、肩で大きく息をする。巫女がタオルを差し出してくれたが、汗を拭うその手もまだブルブルと震え、その手のひらには何ヵ所も血が滲《にじ》んでいた。

「大丈夫ですか？」

心配そうに尋ねる巫女に、

「ぼくは平気だ」柏田は答えた。「しかし……高宮神社が、あんなことになっているなんて。一体、誰が……」

柏田は顔を歪《ゆが》める。

とにかくこんな事態は、大神神社に来てから初めてだ。高宮神社は、この大神神社の御神体である三輪山を護《まも》り鎮めている神社なのだ。その尊い社を破壊するなどとい

う、神をも恐れぬ不徳の事件は。

しかし。

今、その神社が壊れてしまったということは——。

その時、グラリと体が揺れた。

目眩《めまい》か？

柏田が頭を振ると、

「あら」巫女が呟《つぶや》いた。「地震です」

「えっ」

「最近は殆どなかったのに、珍しいですね」巫女は、恐々《こわごわ》辺りを窺ったが、すぐに表情を明るくした。「大きそうだったですけど、一回グラッときただけで、もう平気みたいです。ああ良かった」

「…………」

複雑な表情で黙り込んでいた柏田の顔を、

「大丈夫ですか」巫女は覗《のぞ》き込む。「柏田さん、顔色が真っ青ですよ」

「ああ。大丈夫……」

柏田は嫌な予感を胸に、弱々しく頷いた。

＊

大神神社の主祭神・大物主神は大国主命であり、その姿は蛇体であるというのは、確かに定説だ。

しかし。

〝その蛇かよ……〟

奈良県警捜査一課警部補・豊田《とよだ》一雄《かずお》は、報告書を片手に、ボリボリと頭を掻《か》いた。

そして『日本書紀』に載っている話を思い出す。

大物主神の妻、倭迹迹日百襲姫命《やまとととひももそひめ》は、夫である神が夜しかやって来ないことに不審を抱き、ぜひ朝に顔を見せてくださいと懇願《こんがん》する。すると大物主神は、「それは、もっともなことだ」と納得して「では明日の朝、あなたの櫛笥《くしげ》に入っていよう。しかし、どうか私の形に驚かないように」と答えた。

そこで翌朝、姫が櫛笥を覗いてみると、そこには衣紐《したひも》ほどの大きさの、美しい小蛇《こおろち》が入っていた。驚く姫に向かって大物主神は「恥をかいた」と怒って、三輪山に帰ってしまう。一方、残された倭迹迹日百襲姫は、箸で秘所を突いて亡くなった。その姫が葬《ほうむ》られたのが、大神神社から二キロほど北西の場所にある「箸墓古墳《はしはか》」だ。

主祭神以外にも、拝殿前に屹立《きつりつ》する樹齢約四百年という「巳の神杉」の根元の洞《ほら》には白蛇が棲むといわれ、賽銭箱《さいせんばこ》の前には常時「酒」と「卵」が供《そな》えられている。

この神社には、常に蛇の影がつきまとっている。その理由は定かではないが、太古からずっと蛇を神として崇《あが》めてきたのである。

そして、豊田がなぜそんな話に詳しいのかといえば、その「箸墓古墳」こそ、かの邪馬台国《やまたいこく》の女王である卑弥呼《ひみこ》の墓ではないかという説が持ち上がり、地元で大騒ぎになったからだ。

しかし「箸墓古墳」に埋葬されているのが、本当に卑弥呼であるとすると、彼女の夫は「蛇」になってしまう。この辺りの話は、どうなのだろうか。別に蛇でも構わないのか。良く分からない。

だが——。

今はそんな、遥かなる歴史ロマンに頭を使っている場合ではなかった。問題はこちらの「蛇」だ。

豊田は、片手に持った報告書に目を落とす。そこには今朝、初瀬川の河原で死亡が確認された地元の高校生・早見淳一の事件について書かれていた。

〝また、やっかいだな〟

愛用の湯飲みから冷めたお茶をすすって、軽く舌打ちした。

現段階で、早見の死因は蛇毒による中毒死。

首筋に毒牙《どくが》の痕《あと》が二つ発見されたからだ。もちろん普通の蛇に嚙まれたとしても、このような毒牙の痕はつかない。ゆえに、早見が最後に呟いた「蛇が」という言葉は、毒蛇に嚙まれたのだと解釈して良いだろうし、発見者の証言にある「大きく痙攣して事切れた」という事実も、それを裏付けている。現在検案中であるから、いずれ改めて報告が届くはずだが、おそらく蛇毒による中毒死で間違いないのではないか。

ただこれが、単なる毒蛇による事故であれば、当然ここ捜査一課に回っては来ない。では、どうして豊田の元に報告書が届いたのかというと——。

被害者の首に絞頸《こうけい》、絞められた痕が残っていたからだ。しかもその痕は、頸部をほぼ水平に走っていた。

つまり、何者かによって背後から絞められたということになる。

これで、話がややこしくなった。

頸部には縄目などの痕はなかったし、かといって手や腕を使った痕跡も見えないことから、凶器はおそらく、ビニールやナイロン製の紐のようなものではないかと推測されている。

だが、直接の死因は蛇毒。

どういうことなのか。

〝まさか、毒蛇が被害者の首に飛びついて巻きつき、なおかつ嚙みついたなんてことはないだろう〟

豊田は苦笑する。

蛇にしてみれば、そんな離れ技を披露《ひろう》する必要は全くないのだ。単純に被害者の足にでも嚙みつけばそれですむ話だ。

そうなるとこの場合、考えられるのは次のようなストーリーだ。

何者かが被害者——早見淳一を襲って首を絞め、彼は意識を失って河原に倒れた。この時点で、犯人に完全なる殺意があったかどうかは不明だが、しかしその後、早見は運悪く毒蛇に嚙まれ、結果的に命を落としてしまった。

だが、早見が襲われた理由が不明だった。というのも家族の証言によると、被害者の所持品で紛失している物はないらしい。財布もカード類も携帯電話も、何一つなくなってはいないようだった。ということは、少なくとも物取りの犯行ではなく、怨恨《えんこん》か、あるいは通り魔的に襲われたかのどちらかになる。

ふうっ、と豊田は嘆息する。

高校生で、殺意にまで発展するほどの怨恨を受けるか。全く考えられなくはないが、実に微妙な所だ。

そして持ち物といえば、早見のポケットから発見された石があった。これは、初瀬川の河原の石ではないことは分かったものの、特に珍しい物ではないようだった。また、趣味などでコレクターが蒐集《しゅうしゅう》するほどでもないらしい。

だとすれば、この石は被害者の早見が個人的に——何らかの理由があって——お守り代わりなどとして持っていたのかも知れない。それこそ大神神社で購入することができる「お砂」にしても、全く興味のない他人が見れば、ただ単なる「砂」に過ぎないのだから。

そんなことを考えながら、豊田が不味《まず》いお茶を飲み干した時、

「警部補」

と、吉野浩人《よしのひろと》がやって来た。豊田が息子のように可愛がっている——と言っても、そこまで年齢は離れていなかったが——将来有望な巡査部長だ。

吉野は、黒縁《くろぶち》の眼鏡をくいっと上げながら告げる。

「早見淳一の件です」

おお、と豊田はイスに座ったまま振り向く。

「何か進展があったか」

「監察医の所見が出まして、被害者・早見淳一の死因は、蛇毒で間違いないと」

「やはりそうか」

「被害者は絞頸されて気を失い、その場に倒れてすぐ毒蛇に嚙まれたもようです」

「なるほど。たまたま、その毒蛇のいた場所に倒れ込んじまったというわけか。可哀《かわい》想《そう》にな」

「しかし」吉野は顔を曇らせた。「その毒蛇なんですが……」

「どうした？」

「蛇毒には、ご存じのようにさまざまな種類があります。大まかに分けますと、コブラなどが持っている神経毒と、マムシなどが持っている血液毒です。神経毒は神経の伝達を遮断し、血液毒は血液中の赤血球や血管壁などを破壊し、その量にもよりますが放っておくと、双方共に死を招く」

「ああ、知ってる。最近では、ある種の神経毒が重症筋無力症の原因解明にも用いられたとか聞いた」

ええ、と吉野は頷く。

「そして今回の被害者の体内から発見されたのは、その神経毒だったようなんです。つまり、コブラやウミヘビなどの」

「何だと？　そんな物が、この辺りにいるのかよ」

いいえ、と吉野は首を振る。

「マムシやハブならば、まだ考えられないことはないが、コブラやウミヘビの類《たぐ》いが奈良近辺に棲息《せいそく》しているという話は、全く聞いたことがないそうです。国外から持ち込むことは不可能ですし、たまたまどこからか流れて来た可能性も殆どない」

「ということは——」豊田は叫ぶ。「何者かが、犯罪目的で飼っていたというわけか」

「そのあたりは何とも言えませんが、相手は蛇ですからね。よその国の蛇遣いのように、よほどきちんと飼い慣らしていないと、自分が危ないでしょう」

「蛇遣いだと……」

「念のために、これから色々と当たってみます」

よし、と豊田も大きく頷いた。

「俺も伝《つて》を使って聞き込みしてみよう」

そんな豊田の顔を、吉野はじっと覗き込んだ。

「では、自分も警部補にご一緒します」

「何だよ」豊田は苦笑した。「子供じゃないんだぞ」

「しかし警部補」吉野は心配そうに言う。「忘澤《わすれざわ》さんのようになられたら、自分が困りますから。いえ、捜査一課がアウトです」

忘澤直《ただし》。

豊田と同期で、やはり捜査一課警部補だ。豊田とはとても気が合って、何かにつけて一緒に仕事をしていた。

しかし、捜査方法その他で上部と揉《も》めに揉めて、現在停職中。

「何と言ってもお二人は、性格が似てますからね。良く言えば、一本気。悪く言えば、猪突猛進《ちょとつもうしん》」

「あいつと一緒にする奴があるか」豊田は立ち上がった。「あれは、単なるバカだ。最後は承知しましたと言えば良いものを、怒鳴って席を蹴っちまったんだからな」

「その気持ちは分かりますがね――」

上目遣いで自分を見つめる吉野の肩を、

「まあいい」ポンと叩くと、豊田は言った。「今回は一緒にやろう」

「ありがとうございます」

「だが……」

「何か？」

尋ねる吉野から視線を外すと、

「いや、何でもない」

と答える。しかし、これは嘘《うそ》だった。

報告書を手にした時から、何とも言いようのない嫌な予感に襲われているのだ。

＊

辻曲彩音《つじまがりあやね》は、京都《きようと》・祇園《ぎおん》の裏通りに停めた、芥子《からし》色のエクストレイルのエンジンキーを捻《ひね》る。

しかし、何度試みてもエンジンがかからない。

東京・中目黒《なかめぐろ》の自宅から、夜を徹して京都・貴船《きぶね》までやって来た。そして、来るなり巻き込まれてしまった事件も一段落した。これで安心して家に帰れる。そう思って、京都市街まで降りて来た。

その途中で、何となくエンジンの調子が悪いと感じて、ここまでやって来たところで、一旦車を停めた。このまま高速に乗るのは、ちょっと危険だと考えたのだ。しかし、一度停めたらそれきり動かない。

「おかしいわね……」彩音は、綺麗《きれい》な切れ長の目をさらに細める。「どうしちゃったのかしら。急に変だわ」

「バッテリーですか？」後部座席から、福来陽一《ふくらいよういち》が尋ねた。「かなり無理して走って来ましたから」

「違うみたいね。そんな感触じゃない」

「後は帰るだけなのに、困りましたね」

そう言って陽一は、窓越しに辺りを見回した。

「それより彩音さん、何か嫌な感覚がありませんか」

うん、と答えて彩音はこめかみを押さえた。

「実は、私もさっきから感じてる。貴船の件が片付いたから治まるだろうと思っていたけど、まだ頭痛がする。というより、さっきまでとは違う不吉な感覚」

彩音は現在、神明《しんめい》大学文学部・神道学科の大学院生だ。しかし人一倍、というより異常に「何か」を感じ取る力が強い。それは、ある種のエネルギーの波動であるかも知れないし、「気」と言っても良いかも知れない。

野生の動物たちは、人間には感じ取れない「何か」を感じ取ることができる。それがいわゆる「本能」だ。第六感と呼ばれる力、彩音は生まれつきそれが強いのかも知れない。そして今も、痛いほどに「何か」を感じていた。

「巳雨《みう》は寝てる？」

振り向く彩音に陽一は、自分にもたれかかってスヤスヤと寝息を立てている彩音の妹の巳雨の頭を優しく撫《な》でながら、

「はい」と頷いた。

巳雨は、まだ小学五年生。しかしツインテールのようなお下げ髪と小柄な体型のために、いつも小学校低学年に見られる。それが本人にしてみれば、とても不満らしかった。だが今は、それこそ幼い子供のようにすっかり寝入ってしまっている。

昨夜、自宅を出発してほぼ半日。強行軍だった上に、貴船であんな体験をしたのだから、一気に疲れが出たのだろう。おそらくは、当分目を覚ましそうにない。

陽一は、そんな巳雨の寝顔を眺めながら、辻曲家次女の摩季《まき》を思う。

そもそもなぜ陽一たちがこの場所にいるのかというと——。

二日前のことだった。

鎌倉・鶴岡八幡宮《つるがおかはちまんぐう》で起こった事件に、摩季が巻き込まれて、命を落としてしまった。普通であれば、ここで悲嘆に暮れてしまうのだろうが、辻曲家長男の了《りょう》は違っ

た。摩季の命を取り戻すべく、ある術式を執《と》り行うことを決断したのだ。

それは「死《まかるがえしの》反術」。

古代日本の物部《もののべ》氏系統の書である『先代旧事本紀《せんだいくじほんぎ》』にのみ収載されている術式だった。その書によれば、彼ら物部氏の始祖とされる、饒速日命《にぎはやひのみこと》が天降った時に、天つ神から「十種《とくさ》の神宝《かんだから》」と、その神法を授けられた。

ちなみに、その「十種の神宝」とは、息津《おきつ》鏡・辺津《へつ》鏡・八握《やつかの》剣・生玉《いくたま》・足玉《たる》・死反玉・道反《ちがえしの》玉・蛇《おろちの》比礼《ひれ》・蜂《はちの》比礼・品々《くさぐさの》物比礼《もののひれ》である。

そして、こう書かれている。

「天神《あまつかみ》教へて導《のたまわ》く『若《も》し、痛む処《ところ》有らばこの十宝《とくさのたから》をして、一《ひと》、二《ふた》、三《み》、四《よ》、五《いつ》、六《む》、七《なな》、八《や》、九《ここの》、十《たり》と謂《い》ひて布瑠部《ふるべ》。由良由良《ゆらゆら》と布瑠部。此《こ》の如く之《これ》を為《す》れば、死人《しにびと》も返生《よみがえり》なむ』とのたまふ」

と。また『令義解』によれば、これらによって「死せる人も生き返る」という。

そして実際に、これら「十種の神宝」のうち「生玉」と「足玉」が、辻曲家に存在しているのだ。

しかし、そもそもこれらの神宝は「天璽《あまつしるし》」――つまり、天皇家に関わる宝であり、三種の神器のもとになったともいわれている品々である。

それら十種のうち二種も辻曲家に伝わっている理由《わけ》は、多分、辻曲家の遠い祖先である賀茂二郎《かもじろう》・源 義綱《みなもとのよしつな》のさらに祖先である、清和《せいわ》天皇が関わっているのではないかと想像された。しかし、真実はもう誰も分からない。ただ「辻曲家の深秘《じんぴ》」として、代々伝えられてきていることだけは確かだった。

そこで現在、了は文字通り命懸けでこの術式を執り行うべく、自宅に籠《こ》もって準備を整えている。まず第一にこの「死反術」は、神宝が全て揃っていないと全く不可能なのか、それとも二種、あるいは三種のみでも執り行う方法があるのかないのか。

また、十種の内の「道反玉」は、摩季の事件に関与していた磯笛《いそぶえ》という女性が手にしていた。間違いなくあれは「道反玉」だった、そして昔の怨霊《おんりょう》を蘇《よみがえ》らせるため、実際に使用した。あの「道反玉」が手元にあれば、術式の成功率もきっと高くなるだろう。何としても手に入れたいのだが――とにかく時間がなかった。

この「死反術」は、ただでさえ困難な術式の上、当人の初七日を過ぎてしまうと、更に成功率が下がるのだという。だからまず、現在できることからやって行かなくてはならない。そこで陽一たちは、普段から世話になっている四宮雛子《しのみやひなこ》という、四柱推命《しちゅうすいめい》の大家の協力を仰いだ。

雛子は、静岡《しずおか》県・伊豆山《いずさん》神社からさらに山を登った場所で隠遁《いんとん》生活を続けている老女で、昔は大勢の著名人が彼女を頼って相談に押しかけていた。しかし現在は、そんな依頼を全て断って、ひっそりと暮らしている。ただ、昔から了や彩音たちは可愛がってもらっていたので、辻曲家に関しての出来事は鑑定してくれている。

その雛子の助言によって、陽一や彩音たちはここ、京都・貴船神社までやって来た。そして、貴船川の霊水を採取したのである。

ところが、そこで貴船の祭神である高龗神《たかおかみ》――玉依姫《たまよりひめ》から始まり、鞍馬《くらま》、上賀茂《かみがも》・下鴨《しもがも》、そして宇治《うじ》の橋姫《はしひめ》まで関連した事件に巻き込まれてしまった。それが何とかようやく一段落して、これから帰京しようとしたのだが――。

「やっぱりダメ」彩音はハンドルを叩いた。「全く動かない」

「どうします」陽一も心配そうに覗き込む。「修理を呼ぶと、時間がかかりますね」

「かといって、巳雨はこの調子じゃ当分目を覚ましそうにない。だから、車をここに置いたまま巳雨とグリを抱えて新幹線には乗れないし」

グリ、というのは巳雨の横で、こちらもスヤスヤと寝息を立てている辻曲家の飼い猫だ。何年か前に、巳雨が拾ってきた。その当初は、余りにもボロボロで情けない容姿だったため、摩季が「グリザベラ」と名づけた。これはもちろん、ミュージカル『キャッツ』に登場するみすぼらしい姿の娼婦《しょうふ》猫「グリザベラ」からきている。

しかし現在のグリは、すっかり辻曲家の一員となってみんなから可愛がられ、本来のシベリア猫の毛並みを取り戻し、瞳もキラキラとブルーに輝いている。

陽一は、そんな巳雨とグリを眺めながら、

「では」と提案した。「ぼくが一足先に、了さんのもとに水を持って行きます。その間に彩音さんは修理を頼んで、後から巳雨ちゃんたちと一緒に東京に戻って来てください」

「そう……ね」彩音は目を細めた。「新鮮なうちに一刻も早く兄さんに届けたいし」

「京都駅から新幹線に乗れば、三時間もかかりませんからね。昼過ぎには了さんに手渡せます」

「じゃあ、そうしてもらおうかな」

と答えて彩音は陽一を見た。

「でも、気をつけてね。何かとても嫌な気を感じる。黒暗暗《こくあんあん》として、体にまとわりついてくるような」

「ぼくも、少し気分が悪いです」陽一は注意深く外を見た。「まさか、まだ貴船や鞍馬の神が？」

「彼女たちじゃない」彩音は首を振った。「もっと、地の底から沸き上がってくるような恐怖だわ。しかも……京都じゃない。もっと南の方ね。きっとこの車も、その『気』を受けてしまったのかも知れない。京都の街に張られている結界をぐり抜けて来た、その不吉な『気』にやられた」

「四神相応《しじんそうおう》の結界をくぐり抜けて？」

「そう」

「まさか……」

陽一は眉根を寄せた。

京都――平安京遷都に際して桓武《かんむ》天皇は、東に流水のある「青龍《せいりゅう》」、西に大道のある「白虎《びゃっこ》」、南に池のある「朱雀《すざく》」、北に丘陵のある「玄武《げんぶ》」という四神相応の地相を選んだことは、歴史上有名な話だ。それによって結界を張り、一千年以上の長きにわたって都を護ってきたのだ。

その強い結界をくぐり抜けて来たとなると、かなり強力な「気」だ。

「この子は私に似て、感受性が強いから」彩音は、ハンドルを撫でながら笑った。

「だから私は、この辺りでじっと息をひそめているわ。車が直るまで」

「そうしてください」陽一は、貴船川の水を手に取った。「じゃあ、ぼくは急いでこれを了さんに届けます。彩音さんも気をつけてください。何かあったら、すぐに連絡してくださいね。大急ぎでかけつけますから」

陽一は、そっと巳雨から離れると、優しくシートに寝かせたが、彩音の言う通り、巳雨は全く目を覚まさなかった。そこで、そのままドアを開けて車から降りると、彩音に念を押した。

「本当に慎重な行動をお願いしますよ。ぼくみたいに、人目に触れないくらいのつもりで。では行って来ます」

「よろしくお願い」

彩音は頷いて、駅に向かって走って行く陽一の後ろ姿を見送った。

柳田國男《やなぎたくにお》の『妖怪談義』などには「ヌリカベ」という妖怪が登場する。それは、水木しげるの漫画に登場する大きな「塗り壁」ではなく、普通の人の目には留まらない妖怪だ。人の前に立ちはだかって道を塞いだり、殴りかかったりするという。いわゆる幽霊とは違って、透明人間に近いかも知れない。

そして陽一は、そちらの「ヌリカベ」なのだ。だから、巳雨やグリに触れることもできるし、物を持って移動させることも可能。しかも一般人の目には留まらない。

陽一本人——この場合は「本体」というべきか——は、もう四年も前に死んでしまっている。しかし現在、こうして「ヌリカベ」として、この世に蘇ったのだ。そして辻曲家の誰もが、彼の姿を認識できるし、今のように会話もできる。巳雨などは、そのことを不思議とすら感じていないようだ。

そんな陽一の姿が見えなくなると、彩音は車の修理を頼もうと携帯を取り出した。するとその時突然、ビクン！　とグリが跳ね起きた。青い目をこらして、窓の外をじっと見つめる。

「どうしたの、グリ」

携帯を耳に当てながら尋ねる彩音を無視するように、グリは後部座席の窓に飛びつき、開いている隙間《すきま》から頭を突き出した。

「何をしているの」

彩音はあわてて捕まえようとしたが、グリはその隙間から外に飛び出してしまった。そして白い鞠《まり》のように走って行く。

「グリ！」彩音はあわてて携帯を置くと、ドアを開けて外に出た。「どこに行くのっ。戻って来なさいっ」

しかしグリは、そんな彩音を残して一直線に走り去ってしまった。

2

ＪＲ桜井線三輪《みわ》駅に降り立つと、辺りを取り巻く空気が驚くほど澄んでいた。

涙川紗也《なみかわさや》は、空にそびえ立つ大鳥居を目指して歩き始める。ここから徒歩約五分の場所に、大神神社がある。

紗也は、今朝一番の新横浜《しんよこはま》発の新幹線に乗って京都へ、そして奈良へとやって来た。しかしそれは、つい一週間ほど前までは全く考えてもいなかったことだった。

では、どうして急にこんな計画を立てたのかというと――。

紗也は、ついこの間まで海が大嫌いだった。

人間の存在など、水の一滴にも満たないような、海の持つ絶対的質量を目にするのが恐かった。いや、その圧倒的な存在感を認識させる波音を耳にすることにさえ恐怖を覚えていた。

だから、もちろん友人からの海水浴の誘いは、全て断ってきた。そのために、どこか少し変わっている女性だと思われてきただろうが、そんな他人の評判とは引き替えにできなかったし、たとえそういう理由で友人が離れていったとしても全く構わない。そう思うほどに、海は紗也の恐怖心を煽《あお》った。

ところが、つい先日。

驚くべき事が起こったのだ。

まず、紗也が今まで抱いていた海に対する恐怖感は、幼い頃から脳に刷《す》り込まれていた伝説からきているものだったと知った。

それは、彼女の祖先である、日本武尊《やまとたけるのみこと》の后《きさき》ともいわれる弟橘姫《おとたちばなひめ》が、暗く冷たい嵐の海に身を投げて自らの命を絶ったという伝説だった。

おそらく、幼心に何度かそんな話を聞かされた紗也は、その恐ろしさから部分的に記憶を封印してしまったのだ。そこで、紗也の頭の中には、海に対する大きな恐怖心だけが刻み込まれたのだろう。

誰でもが持っている食べ物や動物などの好き嫌いも、案外そんな幼い頃の体験が無意識下にあるという話も聞いたことがある。先に「恐怖心」や「嫌悪」の体験があって、後から自分勝手に色々な理屈をつけるのだ。

紗也の場合は、それが「海」だった。

ところが、さらに驚いたことがある。

その、日本武尊の命を救うために自ら海に身を投げたという弟橘姫の伝説自体も、歴史の改竄《かいざん》だったというのだ。

これには、さすがに驚愕《きょうがく》した。そうなると、紗也が海を恐怖しなくてはならない理由が、何一つなくなるではないか。

だが、そう思ったら不思議なもので、その話を耳にして以来、紗也の海に対する畏怖が、まるで憑《つ》き物が落ちたかのように雲散霧消《うんさんむしょう》しつつあるのだ。いや、もちろん完全に消滅したわけではない。しかし、日々快方へと向かう病人のように、一日ごとに自分の心の中から海に対する恐怖心が消えていくのが手に取るように分かった。

そして紗也はその事実を、自分が巻き込まれた殺人事件で知らされた。幸い事件は無事に解決したのだが、紗也は今まで住んでいた横浜から、さらに海に近い場所、横《よこ》須賀《すか》へと引っ越すことに決めた。新たに人生をやり直すことにしたのだ。

引っ越し先は、自分の祖先である弟橘姫をお祀りしている、横須賀市の走水《はしりみず》神社の近く。もうすぐ、そこに移り住む。

そう決心した紗也は、新しい生活に入る前に、どこか神社にお参りして、自分を縛りつけていた過去を祓ってもらえたらと考えた。文字通り、生まれ変わるのだ。そんな願いを聞き入れてくれる神社は、どこだろう。でも何となく、自分のイメージとしては、まだ行ったことのない古い神社でお祓いをしてもらいたい。

　そんなことを考えながら書店に入り、旅行ガイドブックを眺めて調べる。天照大神《あまてらすおおみかみ》の伊勢《いせ》にしようか、大国主命の出雲《いずも》にしようか。それともいっそのこと、もっと西へ行ってみようか――。

　すると突然、書棚から一冊のガイドブックが、バサリと紗也の目の前に落下してきた。そんな場所に触ってもいないのに、どうしたんだろうと思い、何気なくその本を手に取ろうとした時、
　ドキン、と紗也の心臓が跳ね上がる。

　紗也は辺りを見回したが、誰の姿も見えない。

　しかし。

　これはもしかして……。

　陽一のしわざではないのか！

　もう、何年も前に死んでしまった、紗也の昔の恋人。

　こんなことを口にしようものなら笑われてしまうし、間違いなく奇異な目で見られてしまうから、まだ誰にも告げずに自分の心の中にだけ留めていることがある。

　陽一が――すでに死んでしまっている彼が、いつも紗也のそばにいてくれる。そし

て、紗也を護ってくれているのではないか、という確信だ。

もちろん彼の姿は見えないし、声も聞こえない。

霊魂や幽霊とも、また違う気がする。しかし、間違いなくそこにいる。紗也は、強く確信していた。というのも、前回の事件で、理屈では考えられない幸運が、紗也の身に立て続けに起こったのだ。それは、陽一がすぐそばにいて護ってくれたとしか考えられないような「幸運」が。だから紗也はそれ以来、陽一の存在を微塵《みじん》も疑っていない。いつも紗也のそばにいて、自分を護ってくれている。

ということは——。

紗也は、平棚の上に伏せておかれているように落ちているガイドブックに目を落とした。それは、奈良の本だった。紗也は、そっと本を手に取ると、開かれているページを見た。

〝大神神社……〟

大神神社といえば、大国主命を祀り、三輪山を神体山と仰ぐ、わが国最古の神社の一つ——。その程度の知識しか持っていない。

あとは、高校生の頃に観た歌舞伎『妹背《いもせ》山婦女庭訓《やまおんなていきん》』に登場する、三輪山の麓に住んでいた酒屋の娘のお三輪——とか、そんなレベルだった。

そこで、食い入るようにページを見つめる。

「大神神社は、三輪山の神である大物主神《おおものぬし》、つまり大国主命を主祭神としている。その三輪山は、神宿る『神奈備《かんなび》』として『箸墓《はしはか》伝説』『丹塗矢《にぬりのや》伝説』など、数多くの神話に関係している。日本の最も古い信仰の形を今に伝えるこの神社は、まさに森厳《しんげん》な空間の中にあるといえよう」

ここだ、と紗也は心に決めた。

いや、これは「行きなさい」という合図だ。

そして、今も思った大国主命。出雲まで足を運ばずとも、奈良にいらっしゃるではないか。そう思って、紗也はすぐに予定を立てた。その結果、今こうして三輪駅から、大神神社へと向かって歩いているのだ。

そういえば――。

ここまで来る途中にも不思議なことがあった。

京都駅でのことだ。

新幹線から奈良線に乗り換えようとして歩いていた紗也の横、物陰から老人が一人、突然飛び出してきた。

紗也もその時、乗り換え案内板や時計に気を取られていたため、寸前まで全く気がつかなかったし、その老人も一刻を争うようで、周囲の状況が殆ど目に入っていなかったらしく、二人は衝突しそうになった。

しかし、まさにその直前。

紗也の体がふわりと浮いたのだ。そして、誰かに抱きかかえられたかのように宙を軽く飛び、老人を避けた。まるで武術の達人のように、ギリギリで間合いを見切っていた。

ようやく紗也に気づいたその老人も一瞬驚いていたが、全く接触していなかったことを確認すると、紗也に向かって何度も謝り、ペコペコと頭を下げながら、再び走り去って行ってしまった。痩せこけて、小さな目。前歯も二本、チョコンと飛び出している。どことなく鼠《ねずみ》を連想させる、白髪混じりの髪を束ねた老人だった。

その老人の後ろ姿を眺めながら、

〝やはり、陽一に護られている〟

紗也は改めて確信して、心が温かくなった。

やがて紗也の行く手に、神社の二の鳥居が見えてきた。

その古い木造の鳥居の横には「大神神社」と刻まれた社号標が立っているが、それは大きく立派な石碑のようだった。そして、通常であれば神社の由緒書きが飾られている看板には、ただ一言「幽玄」とだけ白字で書かれていた。

いよいよここからが、大神神社境内。

紗也は、緩やかにカーヴしている参道を歩く。

まだ時間も早いというのに、境内には何人もの参拝客がいた。参道の途中に架かる御手洗《みたらい》橋を渡ると、紗也の周りには既に参拝を終えて戻って来る老夫婦、これからお参りに行こうとしている若いカップルなど、大勢の人々が行き交っていた。

末社の祓戸《はらえど》社が左手にあり、ここには「祓戸大神《おおかみ》」が祀られている。社の前に書かれている名前を見ると、瀬織津姫《せおりつひめ》、速秋津姫《はやあきつひめ》、気吹戸主《いぶきどぬし》、速佐須良姫《はやさすらひめ》、とあった。紗也は、それらの神々に関して詳しくは知らないが、その佇《たたず》まいから、きっと由緒正しい方たちなのだろうと感じた。

やがて夫婦《めおと》岩を過ぎ、ゆるやかに延びる石段下の手水舎《てみずや》で手を洗い、口をすすぐ。まさに蛇口——酒樽《さかだる》を抱いている蛇の彫像の口から流れ出る水は、ひんやりとして気持ち良かった。

この神社には、醸造の祖神《おやがみ》といわれる神様も祀られているらしい。だから「味酒《うまさけ》」というのは「三輪」にかかる枕詞《まくらことば》になっている。「神酒」と書いて「みわ」と読むのもそのためである、とガイドブックに書かれていた。だからこんな所にも、酒好きの蛇がいるのだ。そんな微笑ましい手水舎で口と両手を綺麗に拭うと、紗也は石段を上って拝殿へと向かう。

その途中、右手に大きな杉の木が一本、周りをぐるりと瑞垣《みずがき》に囲まれて屹立していた。木の前面には、献物用の棚が設けられている。この杉は代々神社に伝わる古木であり、いつしか根元に白蛇が棲みついたのだという。

ここ大神神社の主祭神である大物主神は、大国主命であると同時に、蛇とも非常に縁の深い神様であるらしかった。なので、この場所も参拝客が絶えることはなく、蛇の好物とされる卵や酒が供えられていた。

神木に軽く頭を下げて、紗也は拝殿前に立つ。

お賽銭を静かに投じて、二拝、二拍手、一拝。

初めまして。どうか、よろしくお願いします。

最後は深々とお辞儀した。

見上げてみれば、実に立派な拝殿だった。この奥に、珍しい「三ツ鳥居」があるのか、などとガイドブック片手に思ったのだが……。

何となく辺りが騒がしい。神職や巫女たちが、あわただしく行き来している。

これほど大きな神社なのだから、常に神職たちも神体山の三輪山のようにどっしり構えているのかと想像していた紗也は、どことなく違和感を覚えた。しかし、きっと何か大きな行事でも控えているのだろうと思いつつ、御神籤《おみくじ》と御朱印《ごしゅいん》をいただこうと、拝殿横の勤番所へと向かった。

ところがそこも、どことなくざわめいて落ち着かない雰囲気だった。紗也は御朱印帳を預けて、正面の「なで兎」の像を眺めながら壁際まで移動すると、ソファに腰を下ろして順番を待っていた。

すると、

「こちらに座ってもよろしいですか」

一人の若い女性が、紗也に声をかけてきた。

紗也より一回り近く年下の、高校生だろう。鼻筋の通った色白の顔、肩までの艶やかな黒髪。視線が少しだけきつかったが、タレントかモデルでも務まりそうな美人であることには間違いない。

「え、ええ」紗也は頷く。「どうぞ」

「ありがとうございます」

彼女は紗也の隣に腰を下ろすと、そよ風のように微笑んだ。今は夏だが、寒い冬に少し早い春の訪れを感じさせるような、そんな心地良い笑顔だった。

やがて彼女は紗也に向かって、

「今日は雨が降りそうもなくて、良かったですね」

などと、人なつこそうに話しかけてきた。そんな彼女の話を聞けば、やはり女子高生。しかも鎌倉の女子校に通っているのだという。そこで紗也も、神奈川県からやって来たのだと告げた。

「本当ですか」彼女の目が、キラリと輝いた。「凄《すご》い偶然ですね。奈良までやって来て、同じ神奈川の方とお会いするなんて。私は、大磯笛子《おおいそゆうこ》といいます」

「涙川です」と自己紹介する。「今は、まだ横浜に住んでいます」

「私の家も横浜です」

笛子は再び微笑む。そして、自分は神社巡りが趣味なので、必ず年に一度、この大神神社にやって来る、と説明した。

女子高生なのに神社巡りが趣味というのも、少し変わっていると思ったが、最近はそういった女子が増えているらしい。また、彼女たちの間では御朱印集めも流行しているのだという。

そんな話を交わしていると、

「そういえば」と笛子は、突然身を乗り出した。「涙川さんは、こちらのお山に登られたことはありますか」

「お山って」紗也は、思わず尋ね返した。「三輪山に？」

「もちろんです」

「三輪山に登れるんですか？　確かパンフレットには、禁足地と書かれていたような気がするけれど」

「登れます」笛子は、コクリと頷いた。「ここから境内を少し行った所に、狭井神社という古い摂社があって、その脇に登山道の入り口があるんです。一般には、お山登《と》拝《はい》と呼ばれてますけど、信心深い方などは、毎月のように登られてるようですよ」

「でも、登山となると、大変でしょうね。色々と準備が――」

いいえ、と答えて笛子は、紗也の服装に視線を落とす。

「その服装で充分です。実は、私もこれから登拝しようと思っているんです」

笛子の視線が紗也を誘う。

「いかがですか。折角ですから登って行かれませんか」

「でも……私が一緒じゃ、かえってご迷惑でしょう」

「ずっと二人一緒にというわけじゃないです。私はそれでも構いませんけど、ご自分のペースがありますから。よろしければ、登拝の入り口までご案内しますよ」

「そう……ですね」

紗也は頷いた。これも何かの縁かも知れないと思ったのだ。本格的な登山となると自信はないが、今の服装のままで登れるならば苦痛ではない。笛子の言うように、わざわざここまで来たのだから、登拝してみようかという気持ちになった。

やがて、ようやく紗也の順番がやってきて、御朱印を受け取る。すると笛子は、

「今日は忙しいようですね。私は、帰りに受け取ることにします」

と言って、それを社務員に告げに行く。

やはり、こんなことは珍しいらしい。とにかく人手が足りていないようだ。

笛子が戻って来ると、紗也たちは揃って勤番所を出た。

そして、建物をぐるりと回り込むようにして進み、祈禱《きとう》殿と儀式殿が並び立つ広場を横切る。儀式殿のすぐ脇に「久《く》すり道」と彫られた石の標識が立っていた。

細い道の入り口には二本の柱が立てられ、その間に注連縄《しつら》が渡されている。一面に砂利が敷き詰められていて、所々に二、三段ずつ低い階段が設えられている緩やかな登り道だ。この道が、狭井神社へ続く参道らしい。紗也たちは、砂利を踏みしめながら歩く。

しかしここでも、神職と、おそらくは神社の警備員と思われる人たちが何人も、真剣な顔で足早に行き交っていた。

一体、何があったのか……。

しかし紗也の隣では、笛子が何事もないかのように、一歩ずつ軽い砂利音を立てながら足を進めていた。

やがて前方に、古い木の鳥居と「狭井神社」と彫られた社号標が見えてきた。その鳥居をくぐると、すぐ左手に池が広がっている。その池の手前に、赤い鳥居が見えた。立て札には「市杵嶋姫《いちきしまひめ》神社」と書かれている。紗也はそれを横目で通り過ぎたのだが、その時、この池の名称がチラリと目に入った。

そこには、

「鎮女池《しずめ》」

とあった。

女性の気持ちを鎮める池らしいが、どことなく……不穏《ふおん》な感触を受ける。

しかし、紗也はそのまま笛子に導かれ、狭井神社へと向かった。するとすぐ、石段の向こうに神社の拝殿の屋根が見えてきた。やはり、二本の柱の間に渡されている注連縄を潜ると笛子は、

「さあ、行きましょう」

探るような上目遣いで紗也を誘った。

狭井神社の境内は、何人もの神職や警備員、それに大勢の参拝客でごった返していた。話を聞けば、何やら三輪山で事故があったらしく、お山登拝をしばらくの間中止しているとのことだった。

それが目的でここまでやって来ていた人々が、社務所に詰め寄ってその理由などを尋ねていたが、職員や巫女たちもまだ詳しい事情を把握できていないらしく、説明がしどろもどろで、それがまた混乱に拍車をかけていた。

だが、大半の参拝客は素直に登拝を諦めて、神社裏手にある薬井戸で、水だけ採取して帰るようだった。

「残念ね」紗也は笛子を見た。「私たちも、また今度にしましょう」

と言った時、冷たい視線を背後に感じた。

誰だろうと思って、紗也は何気なく振り返る。

すると物陰に、一人の陰気そうな男の姿があった。黒っぽい地味なシャツとパンツ。前髪がバラリと垂れ、その髪の隙間から鋭い視線を投げかけていた。紗也の全く知らない男だ。

一瞬、大磯笛子の綺麗な容姿に見とれているのかとも思ったが、すぐに、そうではないことを感じた。というのは、視線がぶつかったと同時に、紗也の両腕に鳥肌が立ったからだ。

誰？

そう思って体を捻ったが、次の瞬間、男の姿は人混みの中に消えていた。

何者だ。

どうして、こちらを注視していたのだ。しかも厳しい眼差《まなざ》しで。

これは決して思い込みではない。というのも紗也は、以前にストーキングされた経験があるからだ。ゆえに、そんな視線には特に敏感になっている。

そして、今の男の視線も犯罪的だった。

でも、何故こんな場所で……。

紗也が慄然としていると、

「残念ですけど、戻りましょうか」

どこか少しわざとらしい口調で、笛子が言った。

そこで、何か気分が悪くなりかけていた紗也も頷いて、二人は狭井神社の境内を出る。そして再び「久すり道」を歩き始めた。だが、途中まで戻った時、

「涙川さん、こっちへ」

笛子は悪戯っぽく笑うと、辺りを見回して脇道に入った。そして足早に草むらを掻き分けて行く。きっと、勤番所へ戻る近道を通るのだろうと思って笛子の後《あと》を追っていたが、いつの間にか周囲は鬱蒼とした森林になっていた。

「どこへ行くの？」

紗也は後を追いながら尋ねたが、笛子は更に草むらを進み、気がつけば三輪山の斜面を登っていた。振り返ってみても、先ほどの砂利道はもう紗也の視界に入らなかった。獣道を歩いて来てしまったらしい。

「ねえ、大磯さん」紗也はたまらず、足を止めて声をかけた。「この辺りは、一般の人の立ち入り禁止区域じゃないの」

「そうですけど」笛子も立ち止まると、振り向いて笑った。「大丈夫です。前にも来たことがありますから」

「前にもって……。あなた、一体何をするつもり？」

だって、と笛子は少しすねた素振りを見せた。

「折角ここまで来たのに、お山登拝しないで帰るなんて考えられません。次はいつ来られるか分からないのに」

「ここから山に登ろうと言うの！」

「はい」と笛子は笑顔で答える。「正式な登山道が大混雑している時があるんです。あとは、今日みたいに突然登拝が中止になってしまう時とか。そんな時は、ここからこっそりと登るんです」

「ちょっと待って」紗也は驚いて尋ねる。「そんなこと言ったって、ここは禁足地じゃない」

「禁足地、という言葉の意味をご存じですか」笛子は真剣な目つきで言う。「禁足は、あくまでも『出てはいけない』『足止め』という意味なんですよ。つまり『出られない場所』であって、決して『立ち入ってはいけない場所』という意味ではありません。その解釈は、後世につけ加えられたんです」

「そんなこと言っても――」

「平気です」

笛子は再び歩き始めた。しかも今回は、有無を言わさぬ歩みだった。

「それにこの獣道は、正式な登山道とそれほど離れていませんし、ずっと一本道で、最後は『こもれび坂』の辺りで合流します。しかも、山頂まではこちらの方が早く到着できるんです。何度も歩いているので、分かってます」

「こんなこともあろうかと、さっき飲み水も買っておきました。二人分ありますから、大丈夫です。さあ、一緒に行きましょう」

「ええ……」

と答えたものの、紗也は迷った。

笛子の言うように、いくら言葉自体に「立ち入り禁止」という意味はないとしても、ここが「禁足地」であることは間違いない。

また「出られない場所」という言葉も不気味ではないか。それこそ、一度入ったら二度と出て来られない場所ではないのか。そして何よりも、遠い昔から神聖と見なされている三輪山を、勝手に侵してしまうなど……。

まだそれほど登って来ていないから、このまま麓まで戻ろうか。

そう思って、ふと考える。

今やって来た草深い獣道は、本当に一本だったのか。上りは一本のように見えても、いざ下るとなると何本にも分かれていたという話は、よく耳にする。その結果、迷ってしまったと。

そして先ほどの、不吉な影を持った陰気な男。

「何度も……」

あの男性の存在も不気味だった。

確実に自分たち――いや、紗也をじっと見つめていた。それならば、登拝して一旦あの男の前から姿を消してしまうという考え方もある。

〝どうしよう……〟

紗也は戸惑う。

このまま笛子と一緒に山に登るのと、一人で麓まで降りて、おそらくあの男が待ち受けているであろう境内に戻るのと、どちらが安全なのか。

すると、

「涙川さん！」

少し上から、笛子が声をかけてきた。

「さあ、早く行きましょう」

逡巡しているせいか、紗也の耳には先ほどまでとは違って、厳しい声に聞こえる。

まるで、急《せ》かしているようだ。

いや、気のせいだろう。自分の心が迷っているからだ。

紗也は決心した。

「分かった。今行くわ」

紗也は、笛子の後ろについて獣道を登る。そして、

〝陽一くん〟急な山道を登りながら祈った。

〝お願い、側にいて。そして私を護って〟

＊

「グリ！　何があったの」

彩音は大声で叫ぶ。

しかしグリは、振り向きもせずに走って行く。

「巳雨、戻るまでここにいてね」

ぐっすり寝入っている巳雨に念を込めて告げると、彩音はエンジンキーを抜き、ドアを閉めてグリの後を追った。もしもこんな場所で迷い猫になってしまったら、再び会うことなど不可能だろう。

彩音は必死に駆け出す。

遥か前方にグリの白い姿がチラリと見えては、また人混みの中に紛れてしまう。しかし、人々の様子でグリの位置が予想できた。一匹のシベリア猫が、白く長い毛をな

びかせながら街中《まちなか》を全力疾走しているのだ。その姿に、観光客は驚き、子供たちはむしろ楽しそうにグリを見送っている。

「グリッ」

彩音が再び呼びかけた時、グリは一本の路地を曲がった。

〝もしかして……〟

彩音の直感が、ピンと跳ね上がる。

グリは、誰かを追っているのだ。

そして、その相手はおそらく――。

すると、路地の向こうから、

「うわあっ」

という老人の声が上がった。続いてグリの声も。

大急ぎで路地を曲がる彩音の前方で、予想通り一人の小柄な老人が、グリに飛びかかられて尻餅をついていた。そしてグリは、

「ニャンゴ！」

と鳴きながら老人の服に嚙みつき、ひっかく。

老人は、白髪を頭の後ろで結わえ、こけた頰、小さな瞳、前歯が二本飛び出した鼠

のような小男だった。今朝、貴船で会ったばかり。後から聞けば、京都在住の六道佐《りくどうさ》助《すけ》という人形師だということだったが、それ以上のことは知らない。

「どうしておまえが！」佐助は両手で頭を抱えたまま叫んだ。「勘弁してくれえっ」

「ニャンゴオッ」

彼らの周りの観光客たちは、老人と猫がふざけ合っていると思っているのだろう、笑いながらその姿を眺めている。そんな野次馬たちを掻き分けるようにして、彩音は間に入った。

「グリ、止めなさい！」

おお、と佐助は小さな目を丸くして叫んだ。

「また、あんたかっ。どうして、こんな場所におるんじゃっ」

「はいはい、おじいさん」

彩音は、わざと周りの人たちに聞こえるような大声で言う。

「この子をからかっちゃあかん言うたでしょう。もう帰りますよ」

「なんじゃと。こら――」

「グリもこっちに来て。いつもそうなんだから。困ったわ」

「あんたは一体何を言って――」

「いいから来なさい」

一転して彩音は、佐助の耳元に小声で、しかし有無を言わさぬ態度で命令した。

「黙って」

そして佐助の腕をきつく握ると、

「お騒がせしました」周囲の人たちに向かって、切れ長の目を細めながら、にこやかに謝る。「どうも、すんまへんどした。いつもいつも。さあ、おじいさん。行きましょな」

そんな彩音の様子を眺めて、微笑みながら野次馬たちが去って行くと、彩音はグリを佐助の肩に乗せる。

「ひいいいっ」

「静かに」彩音は冷たく言う。「逃げようとしたら、グリが首筋を噛むわよ」

「ニャンゴォ……」

「わ、分かった分かった」佐助はおどおどと答える。「逃げやせんよ。しかし、わしをどこへ掠《さら》おうと言うんじゃ」

「掠わないわ。ちょっとお話を伺いたいだけ」

「はあ……」

情けなさそうな顔の佐助の腕を引っ張り、彩音は足早に車まで戻った。

すると、ちょうど巳雨が目を覚ましたところらしく、車の窓を開けて、目をこすりながら彩音を呼んだ。

「ごめんね、巳雨」彩音は、佐助を引っ張って駆け寄る。「グリが、この人を見つけて走って行っちゃったから、今連れ戻して来たの」

「ニャンゴ」

それでグリ、と彩音が尋ねる。

「さっきから、何の話をしてたの」

すると巳雨が、目をこすりながらドアを開けると車から降りて来た。そして言う。

「このおじいさんが、悪いことをしたってグリが言ってる」

「何をしたというの？」

「あのね、女の人に何かしたって」

巳雨の言葉に「えっ」と彩音は顔色を変えて佐助に詰め寄る。

「誰に何をしたの」

「悪さなどしとらんわ。大体、どうしてこの小娘が、こいつと喋《しゃべ》れるんじゃ」

「あなただって喋れるでしょう。大きなお世話よ」彩音は冷たく言い放つ。「正直に言いなさい。さもないと警察に――いいえ、グリに嚙みつかせるわよ」

「ニャンゴォォ」

爪を尖《とが》らせて牙を剝《む》くグリを見て、

「うわあっ」まるで本当に嚙み殺されてしまうかのように、佐助は怯《おび》えた。「止めてくれえ。こいつだけは苦手なんじゃ、昔っから。今も心臓が止まりそうなんじゃ！」

「昔から？」彩音は佐助を、そしてグリを見る。「あなたたち、そんな長い知り合いなの」

ああ、と佐助は震えながら頷く。

「気が遠くなるような昔からな。話せば長くなるがのう」

「じゃあ、その話は後回しでいいわ。それよりグリ、この人が何をしたって？」

「ニャンゴ」

「女の人を、つけ回していたって」巳雨が答えた。「ストーカー」

「そうなの！」

「見てろと言われたから、そうしておっただけじゃ」

「見ていただけ？」

「もちろんじゃ。指一本、触れておらんわい」

するとグリが巳雨に「ニャンゴ……」と耳打ちした。

それを聞いて、

「うんうん」と巳雨は頷く。「その女の人、巳雨たちの知ってる人みたいだよ」

「何ですって」彩音は更に詰め寄る。「それは誰？」

「誰だか知らんわい」佐助は、涙目になって答える。「ただ、彼女から目を離すなと言われたから、そうしとっただけじゃ」

「巳雨たちが走水で会ったお姉ちゃんみたい」

もしかして、と彩音は目を細める。

「涙川紗也さん？」

「うん。そうかも」

「彼女、今京都に来てるの？」

「奈良じゃ」佐助が、ボソリと言った。「大神神社に行くらしい。一人で」

それで、と彩音は——それこそ嚙みつきそうなほど佐助に迫った。

「どうしてあなたが、紗也さんを見張るの」

だから、と佐助は小さな体を限界まで小さくする。

「理由など知らん。頼まれたから、そうしただけじゃ」

「誰に？」

「はて、誰じゃったかのう……」

「ニャンゴオッ」

「い、磯笛という女性じゃ」

「磯笛って、まさか——」

「鎌倉で会った狐さんだ」巳雨が言った。「巳雨も掠われそうになった」

「なんじゃと」佐助は目を丸くして、彩音たちの顔を覗き込む。「おまえら、磯笛を知っておるのか」

「知っているどころか」

彩音は凍りつくような視線で佐助を睨《にら》むと、冷たく告げる。

「その女に、私の妹が殺されたのよ」

「え……」佐助は呆然と彩音たちを見る。「磯笛に？」

「そうよ。鎌倉で」

「そ、そりゃあ可哀想なことじゃったのう。確かにあの女は恐ろしい。だからといって、わしは何一つ関係ないぞ。うん、全く無関係じゃ」

「磯笛は、紗也さんと一緒に大神神社にいるのね」

「多分な」

「そこで何をしようとしているの？」

「さすがに、そこまでは本当に知らん。何も聞いておらんでの」佐助は、ぷるぷると首を横に振る。「第一わしは、大神神社は大の苦手じゃ。蛇だらけじゃからの」

すると、

〝もしかして……〟

再び彩音の直感が響いた。

先ほどから感じている嫌な「気」は、大神神社から発せられているのではないか。祭神である大物主神——大国主命の「気」なのでは。何しろ彼は、日本の国造りの根幹に関わった神だ。そして最後は、やはり朝廷によって殺害されてしまった怨霊神。その神が今、目覚めつつあるのか？

いや、まさか。

そんな大きな神の眠りを覚まさせるなど、文字通り大事《おおごと》だ。その先に何が待ち受けているのか、誰にも予測できないだろう。しかし——。

磯笛は修善寺で源範頼《みなもとののりより》と頼家《よりいえ》の霊魂を呼び出し、鎌倉・鶴岡八幡宮《つるがおかはちまんぐう》で頼朝《よりとも》の霊魂を目覚めさせようとした。そして、その企みは半ばまで成功した。

一体、何の目的があってそんな危ない行動を取るのかは未だに分からないが、とにかく彼女は、恐ろしい霊力を持っていることは間違いない。

彩音の体が、ブルッと震えた。そして告げる。

「私たちも大神神社に行く」

「はあ？」

佐助が惚《とぼ》けた顔で嗤った。

「何を言ってるんじゃ。行ってどうする」

「紗也さんの身が危ない。それに、万が一にでも大国主命の霊魂に何か仕掛けられたら大変。あと、磯笛に直接会いたい理由もある」

というのも彼女の手には、摩季の命をこの世に呼び戻すための十種の神宝のうちの一つ——。

〝道反玉《ちがえしのたま》がある！〟

しかも、もしかすると磯笛は、その他に神宝を隠し持っているかも知れない。

そんなことを考えていた彩音を見て、

「バカなことを」佐助は、再び鼻で嗤った。「そんな小娘の身がどうなろうと、わしらにはどうでも良い話じゃ。それに、大国主命の霊魂じゃと？　夢でも見とるんじゃないのか」

「もしも」と彩音は佐助の言葉を無視して続けた。「私の考えていることが正しければ、このままだと奈良や京都が、いえ日本の国が大変な事態に陥《おちい》ってしまう。そうなる前に、何とか止めないと」

「おう、そうか」と佐助は答えて、そろそろと彩音たちから離れようとした。「せいぜい頑張ってくれ。じゃあ、わしはここで――」

「冗談じゃないわ」彩音は目を細めると、佐助の腕を折れるほどつかんだ。「もちろん、あなたも一緒に行くのよ」

「なんじゃと！　どうしてそんな――」

「ニャンゴッ」

「無体な話じゃ！　大神神社まで行って、何かあったらどうするんじゃ。あんたらみたいな向こう見ずな奴らにつき合って、わしはまだ死にたくないわいっ」

「ニャンゴオッ！」

「それなら」巳雨が通訳した。「今ここで嚙み殺されても一緒だろうって」

「どっ、どうしておまえはそんなことを言うんじゃ！」

グリに飛びかかられて、佐助はまたしても青い顔で答える。

「わ、分かった。分かったから許してくれい。勘弁してくれ」

「一緒に行く？」

「行くわい。おお、行くとも。しかし言っておくが、あっちで何があっても知らんぞ！」

「じゃあ、急いで向かいましょう」

「想像を絶するバカどもじゃ……」

嘆息する佐助の横で、巳雨が尋ねる。

「でもお姉ちゃん。車はどうするの？」

「修理を待っている暇はない。ここに置いて行く」彩音は、きっぱりと答えた。「巳雨、荷物をまとめて。あと、途中でグリを入れるキャリーバッグを買わなくちゃ」

「こ、こいつも行くんかっ」

「当然でしょう。二人で旧交を温めてね」

ニッコリと微笑む彩音を見て、
はあ……、と佐助は再び大きく溜息《ためいき》を吐《つ》いた。

「本当に、何ということじゃ。この世には、神も仏もおらんのかのう」

3

紗也は笛子の後について、必死に獣道を登って行く。

辺りは鬱蒼と茂る木々に囲まれ始め、時折、鳥の声が聞こえるだけで他には何もない。遥か彼方に水の流れる音がしているようだが、それも錯覚かも知れない。紗也は、笛子から手渡されたペットボトルの水を口にしながら、一歩ずつ歩く。

本当にこのまま頂上まで行かれるのだろうか。

そんな不安に苛《さいな》まれてしまうが、十歩ほど先を行く笛子は、全く迷うことなく登る。何度もやって来ているという先ほどの言葉は、きっと本当なのだ。

しかし、このままの格好でも大丈夫と言われた割に、かなり道はきつかった。本来の登山道がどの程度厳しい山道なのかは知らなかったが、この獣道は想像以上に辛《つら》かった。つま先上がりだったり、岩だらけだったり、逆に足がめり込むほどぬかるんでいたり、紗也の背丈ほどある草を掻き分けて歩いたりもした。

すでにもう足が痛く、紗也は自分の判断の甘さを思い知らされていた。どうしてあの時、笛子の誘いを断らなかったのか。

いや、それはあの陰気な目つきの男のせいだ。あの男さえいなければ、少なくともこの獣道には入らなかった……。

などと、八つ当たりをしながら歩く。

一方、笛子は淡々と登って行く。よほど強い意志を持っているに違いない。それほどまでに、この三輪山に対する信仰心が篤いのか。それとも、他に何か目的でもあるというのか——。

そんなことを考えながら、どれほど歩いたろうか。

ふと気がつくと、何となく辺りが薄ら寒くなっていた。登り始めは汗をかいていたのだが、今はむしろ、背中がぞくぞくしている。

高山に登るほどの標高差はないはずなのに、一体どうしたんだろう。

さすがの笛子も時々立ち止まり、まるで辺りの気配を窺う野生の動物のように、周囲を見回していた。

すると突然、ついさっきまでの青空に雲がかかり始めた。そして、みるみるうちに太陽を覆《おお》い隠し、冷たい風がザワザワと不気味に辺りの草木を揺らす。いくら山の天気は変わりやすいといっても、余りに極端すぎる。というより、不穏だ。

紗也の胸の中も不吉な予感で満たされたが、そんな気持ちを抑えるように一歩ずつ歩いた。

するとと今度は、紗也たちの周りを白い霧が包み始めた。

いや、山の上方から、滝のように押し寄せてきたといった方が正しい。霧はまるで生き物のように、二人を包み込む。

〝えっ……〟

と驚く暇もない、ほんの一瞬の出来事だった。

淡いミルクの海に投げ込まれたようで、笛子の後ろ姿が霞《かす》んで行く。

「大磯さんっ」紗也は、徐々に霞んでゆくその背中に向かって叫んだ。「どうなっちゃったの、これ！」

「……分からない」

さすがに困惑したような声が、紗也の少し前で聞こえた。笛子の姿すら殆ど見えなくなっている。

「この山では、こんなことよくあるの？」

問いかけながらも、笛子に追いつこうと紗也は息を切らして、必死に獣道を登った。今こうして歩いている道は、本来の登山道ではないのだ。こんな場所で迷子になってしまったら、高い確率で遭難する。

しかしその時、更に濃い霧が雪崩のように紗也たちに襲いかかってきた。

紗也は、思わずその場で足を止める。というより、恐怖の余り膝が笑ってしまって足が出ない。

「どうしたら良いの、大磯さんっ」

「……ちょっとまずいわね」

笛子の低い声が聞こえてきた。「とにかく急ぎましょう。足下《あしもと》に気をつけて」

「そんなこと言われても！」

足はガクガクするばかりで、前に動かない。

見回すまでもなく、四方は白一色になっている。ホワイトアウトというのは、こんな状況なのか。自分の靴がようやく見えるような、紗也が今まで経験したこともない濃霧に包まれてしまっている。

しかし、笛子は冷静に言う。

「道は一本だから、大丈夫」

「無理よっ」紗也は叫んだ。「こんな状況じゃ、絶対に迷う」

「平気」笛子は冷たく答えた。「ちゃんと見ているから」

「見ているって——」

この霧の中、笛子は紗也の姿が見えるというのか。

それとも、紗也の後ろから誰かがついて来ている？

まさか。

確かに、獣道を上に行くことだけで頭の中は一杯だったが、あの陰気な男の動向にも気を配っていたのだから、もしも誰かが後をついてきていたら、さすがに気づくはずだが、そんな人間の気配は全く感じなかった。

「やっぱり、戻りましょう！」紗也は懇願した。「大磯さんっ」

だが笛子は、

「ダメよ」と冷たく突き放す。「もう少しで、本道と合流するわ。それに、こんな状況じゃ下りて行く方が危ない。足を踏み外して転落することを思えば、このまま進んだ方が数倍安全だわ」

「じゃあ、霧が晴れるまで、どこかでじっとしていましょう」

「この霧は、当分晴れそうもない」

笛子はなぜか、確信したように言う。しかもその厳しい口調は、麓で話していた時と全く違っていた。

「とにかく進むのよ、早く！」

その時どこか遠くで、ケン……、という鳴き声が聞こえたような気がした。あれは何だ？　もしかして、狐ではないのか。

それに、さっきからの寒気《さむけ》も止まらない。笛子の言葉を信用して、こんな場所まで来てしまったことを本心から悔《く》やむ。

紗也は、立ち止まったまま、両腕で自分の体を抱きしめながら呟いた。

〝陽一くん……〟

きちんと自分を見守ってくれているだろうか。しかし、こんな霧だ。もしかして、紗也の姿を見失っていないか。そう思うと、更に心が震えた。

もしも、こんな場所で一人になってしまったら……。

「何をしてるの」笛子が声を荒らげた。「一歩ずつ、ついて来なさい！」

余りに変貌を遂げたその声に、紗也は心の底から震える。

やはり、彼女に騙《だま》されてここまで連れて来られたのではないか。こんな状況に陥ることを承知の上で、紗也を登山に誘ったのではないのか。

だが先ほど、ほんの一瞬だったが、笛子もこの濃霧に驚いていた。すると今の状況は、彼女にとっても想定外の事態なのか。しかし、この獣道を使って登ろうと提案したのは笛子だ。やはり、ある程度は予想していたはず。

そこで紗也は、

「分かったわ」と大声で答える。「ゆっくり後からついて行く」

「そうしなさい」

命令口調で応える笛子に、紗也は静かに背を向けた。

そして今の言葉とは逆に、一歩ずつ静かに山を下り始めた。

〝気をつけて、気をつけて〟

何しろ自分の靴すら霞んで見えるほどの濃霧なのだ。しかも、笛子に知られてはならない。紗也は慎重に山を下りる。

やはり、最初から無謀な計画だった。

そもそも、本来の登拝道以外のルートでお山に登ろうなどという行為自体が許されなかったのだ。笛子は、もう何度もこの道を使って登っているというが、自分はもう止めよう。こんなことをしたら、きっと神罰が下る。

いや、この一寸先も見えない濃霧が、すでに神罰かも知れない。

もしもそうだとしたら、なおさらだ。早く下山しなくては。

そんなことを考えながら、少しずつ笛子と離れ始めた時、またもや遠くで、ケン……という鳴き声が聞こえた。

えっ、と思って、見通せない霧の中で目をこらした瞬間、
ガラッ、と足下が急に崩れた。

音を立てて紗也の体は、山の斜面を滑り落ちる。

〝ああっ〟

狐らしき声に気を取られて、おそらく道から外れてはみ出していた岩を踏んでしまったのだ。

急な角度の滑り台に乗ったように、紗也は落下する。もちろん目の前は何も見通せない。白い闇の中を、ただ滑り落ちてゆく。紗也は、必死になって後ろ手で斜面をつかみ、靴の踵《かかと》を背後の斜面に思い切り立てた。

〝陽一くん、助けてっ〟

心の中で叫んだが、落下は止まらない。どこまで落ちるのだ。そして、もしもこの先が崖になっていたら――。

〝もうダメだ〟

と諦めかけた時、紗也の全身に水しぶきがかかった。

川に落ちた！

思わず目をつぶって息を止める。

しかし川は浅く、紗也は川底に尻餅をついた。上流だったのが幸いしたのだろう。水深は、紗也の膝までもなかった。

何とか助かった。

紗也は、ゆっくり立ち上がろうとした。だが、

「痛っ」

足首を捻ってしまったらしい。紗也は、その場にうずくまる。

「どうしたの！」

遥か遠く、頭上から笛子の声が微《かす》かに聞こえた。かなり滑り落ちたようで、随分と離れてしまっているようだ。

「何があったの」

笛子は大声で尋ねてきたが、紗也は痛みをこらえ、捻挫した足首を冷たい川の水に浸けながら、息を殺してじっとその場にうずくまっていた。

恐る恐る両手を見れば、かなり傷ついて血だらけになってはいるものの、特に大きな怪我はないようだった。運良く、足首の捻挫だけですんだらしい。

しかし頭上では、

「涙川さん、どこなの！」

叫ぶ笛子の声が、白い霧の中に響く。

しかし、紗也は答えずに口を閉ざしていた。もうこれ以上、彼女にはつき合えない。幸いこの濃霧が厚いカーテンとなって、自分の姿を覆い隠してくれている。このまま川に沿って歩いて行けば、麓までたどり着くはず。笛子には悪いが、とにかく山を下りよう。

そう決心して、黙って移動しようとした時、

「何をやっていたのよ！」

笛子の怒鳴り声が聞こえた。紗也は、反射的にびくんと身を縮める。しかしその声は、紗也に向かって発せられたものではなかったようだった。笛子はさらに怒りをぶつける。

「折角、ここまで来たというのに。全く役に立たない男ね！」

その言葉に、背骨をつかまれるような恐怖を感じた。やはりこれが、彼女の本性に違いない。麓での笛子は演技をしていたのだ。優しい女子高生を演じていた。

でも一体、何のために？

おそらく、紗也をここに連れて来るために。

きっと、通常の登拝道が使えないことも、最初から知っていたに違いない。勤番所で会った時から、紗也をこの場所に誘うつもりだったのだ。それで、何気ない素振りで紗也の隣に腰を下ろした。

しかし——。

どうしてそんなことを？

紗也をここまで連れて来て、彼女にどういうメリットがあるというのだ？

体を硬くしながらそんなことを考えていると、再び笛子の声が聞こえた。今度は、先ほどより少し優しかった。

「おまえにも、分からないの？」

それに答えるかのように、ケン……と狐の声。

何なんだ。

頭上の道では、一体何が起こっているのだ？

「逃がしたら承知しないよ」今度は、またしても怒気を含んだ笛子の声。「だから私は、あんたなんかと組みたくなかったのよ！　言われたことの一つもできないで」

紗也の体は震えた。とにかく、ここから離れよう。

できる限り音を立てないように、痛む足をそっと引きずりながら、紗也は一歩ずつ麓へ向かう。

それにしても――。

陽一は、どうしたんだろう。

京都駅までしか一緒にいてくれなかったのか。それとも、やはりこの酷い霧で紗也を見失ってしまったのか……。

いや。今はそんなこと、どうでも良い。とにかく、少しでも笛子から離れることが重要だ。そして麓へたどり着いたら、大神神社の神職に謝ろう。三輪山の神に、許しを請わなくては。

紗也は、唇を嚙みしめながら川べりを下りる。

そして、しばらく歩いた時、ふと恐ろしいことに思い当たった。

これは、あくまでも想像に過ぎないが、もしかして――。

先ほどの陰気な男は、笛子の仲間なのではないか。実は二人はグルになって、紗也をここに引っ張り込んだのではないか。

しかし、この濃霧の中で川に落ちた紗也を、彼女たちは見失ってしまった。だから、男が笛子に怒鳴られていたのではないのか。

きっとそうに違いない、と紗也は直感した。

でも……。

仮にそうだったとしても、どうして紗也がそんな計画に巻き込まれなくてはならないのだ？　それとも、紗也でなくとも良かったのか。たまたま紗也だったのか？

分からない。

紗也は、混乱した頭と痛む足とびしょ濡れになった体で、一歩ずつ麓を目指して歩いて行った。

＊

京都から近鉄特急に乗って、近鉄奈良駅まで約四十分。ＪＲ桜井線に乗り換えて、二十五分で三輪駅に到着する。

駅から徒歩で、大神神社門前の二の鳥居まで五分。早足で参道を歩いて、拝殿までは三分弱。乗り換えや待ち合わせ時間を考慮に入れても、一時間半もあれば拝殿前に立てる。その時間が長いのか短いのか、行ってみなくては何とも言えないが、その時の様子によっては更に拝殿の奥、三ツ鳥居前まで進む必要があるだろう。できれば神職にも手伝ってもらって、そこから三輪山に直接語りかける。

そんなことを考えながら、彩音は座席を回転させて、四人がけのボックスシートにした。幸い特急は空いていたので、殆ど周りを気にせず、じっくり話ができる。

彩音は佐助を窓際に座らせると、彼の正面にはグリが顔を覗かせているキャリーバッグを置く。グリの隣には巳雨。佐助の隣には、彩音が腰を下ろした。これで、もう佐助は逃げ出せない。文字通り、袋の鼠だ。

特急がホームを離れると、

「さて」と彩音は佐助を見た。「色々と訊《き》きたいことがあるんだけど、まず順番として——」

彩音は、自分たちの紹介をする。

東京・中目黒に住んでいる四人兄妹で、自分は神明《しんめい》大学文学部、神道学科の大学院生。そしてこの小学生は、三女の巳雨。あとは、渋谷で飲食店を経営している兄が一人と、

「磯笛に殺されてしまった、次女の摩季よ」

じろりと睨む彩音から視線を逸《そ》らせると、佐助はあわてて言った。

「そ、その件に関しては、わしは全く一寸も微塵も関係ないぞ。こいつに訊いてもらっても良いが、嘘は言ってない。わしは、ただの人形遣い。傀儡師《くぐつし》じゃから」

「傀儡師？」

「そうじゃよ」

「人形師としか聞いていなかった――」

彩音の切れ長の目が、キラリと光る。

「傀儡師ということは、あなたもしかして――」

「な、なんじゃい」

「人の命を操れるのね」

「命を？」佐助は嗤った。「そりゃあ無理じゃ。人形に命を吹き込んだり、死人《しびと》を生き返らせたり、そんなことはできんことないが、どちらにしても一、二日が良いところ。操るなんてのは、とても無理な話じゃ」

でも、と彩音は詰め寄る。

「ほんの短い間だったとしても、死人を蘇らせることは可能だということね」

「ああ……」

佐助は彩音を見て苦笑した。

「あんたの妹さんの話かね。しかし、わしは今言ったように、命を完全に取り戻す術《すべ》は知らんよ。十種《とくさ》の神宝《かんだから》でもあれば、話は別だろうがな」

「私の家には」と彩音は、真剣な目つきで佐助を見返す。「玉が二つあるの」

「は？」

「そしてもう一つ。道反玉《ちがえしの》を、磯笛が持っているのを見た」

「なんじゃと！」佐助の顔色が変わった。そして彩音を、巳雨の顔をまじまじと覗き込んだ。「あんたら、一体何者なんじゃ。こやつもおるし」

「ニャンゴ」

「いや、それは良いとしても……ひょっとして……」

「そうよ」

死反《まかるがえしの》術を行おうとしている、と口には出さなかったが、その意味するところは充分に伝わったようだった。

「呆れた奴らじゃな」佐助は、何度も首を振った。「しかしそれだけでは、どっちみち無理だな」

「あなたの力が加わっても？」

「どうして、わしが協力せねばならんのじゃ」

「ニャンゴ！」

「い、いや、協力することに関しては吝《やぶさ》かではないが、死人を完璧にこの世に呼び戻すなどというのは、わしとはレベルの違う話じゃ。あくまでも、わしは傀儡師。死人を本気で黄泉帰《よみがえ》らせようとしたら、安倍晴明《あべのせいめい》や蘆屋道満《あしやどうまん》くらい力のある陰陽師《おんみょうじ》でないと、到底無理じゃろう。あるいは、地獄の――」

そこまで言って、佐助の言葉が止まった。そして彩音たちから視線を外すと、その小さな目を何度も瞬かせて口をつぐむ。

「地獄の何？」

尋ねる彩音に、

「い、いや」モゴモゴと口籠もる。「何でもありゃあせん」

「ニャンゴ！」

「ほ、本当じゃよ。関係ない話じゃ。ただ、地獄の閻魔《えんま》に仕えておったような人間がいれば良かったのに、と思っただけじゃ」

「そんな人間が」彩音が苦笑する。「この現代に存在しているわけないでしょう」

「そ、そうじゃな。つまらんことを口にしてしまった。剣呑《けんのん》剣呑」

「まあ、いいわ」彩音は軽く嘆息する。「あと、あなたとグリの関係を訊きたいけど、きっと二人とも嫌がるでしょうから、それは後回しにする」

「ニャンゴ」

「そうしてくれい。わしも気が滅入《めい》る」

さて、と彩音は再び佐助を見つめた。

「今度は、あなたの番よ」

「わし？　だからわしは、京都に住んでおる年老いた傀儡師――」

「そんな話を聞きたいわけじゃないわ。あなたは今朝、貴船で何をしていたのかということよ」

「おお、そういう話か」と佐助は答える。「実は、猿太という非常にあくどい男がおってな」

「奥宮《おくのみや》で死にそうになっていた人ね」

「そうじゃそうじゃ。それで、わしはあいつに無理矢理連れて行かされたのじゃ。もちろん断ったのじゃが、有無を言わさず引っ張って行かれてしまった」

「あなたたちは何のために貴船に？」

「ああ」

と佐助は頷くと、貴船での話を彩音たちに伝えた。猿太が、どんな目的であんなことをしたのか――。

「何ということ……」その話を聞いた彩音は絶句する。「あなたたちは、そんなバカげた計画を実行しようとしていたのね。それじゃ貴船の神様が怒るのも無理はない。一体、何を考えているの！」

「じゃから」佐助は言う。「わしは、ただ巻き込まれてしまっただけなんじゃよ。もちろん大反対した。しかし、結局はあの猿太に引っ張り込まれてしまったんじゃ」

「その人は、結局どうなったの」

「知らんな。しかし、貴船の神を怒らせてしまったのじゃから、おそらく命は助からんだろう。しかも、あの神に連れて行かれたとなれば、それこそ閻魔でも取り戻すことはできんな」

「確かに……」

彩音は、素直に頷いた。

貴船の神は、日本有数の大怨霊だ。そんな神の手で冥界に連れて行かれてしまったとなると、何人《なんぴと》たりとも二度とこの世に戻っては来られないだろう。

そして、自分たちが一時期でもそんな神と直接対峙《たいじ》していたのかと思うと、今考えても鳥肌が立つ。あの時の恐怖は、一生忘れられないだろう。体がブラックホールへ引きずり込まれて行くような、そして一瞬にして砕け散ってしまうような、根源的な恐怖だった。

そして今、また新たな畏怖が彩音を襲っている。

しかし、それにしても——。

現在この国では、何が起こっているのだ。どうして神々が次から次へと怒りざわついているのだろう。

やはりそれは、磯笛たちのせいか。とすれば磯笛たちは、どういう意図で怨霊たちを復活させようとしているのだ？　もしも彼ら、怨霊たちが次々に目覚めてしまえば、自分たちの身も危ういではないか。人間の存在など、一瞬にして吹き飛ばされる。今向かっている大神神社もそうだ。そこには、日本の根幹に関わってくる神がいる——。

すると、そんな彩音の気持ちを読んだかのように、

「お姉ちゃん」と巳雨が尋ねた。「これから行く、おおみわ神社には、どんな神様がいるの？」

そうね、と彩音は巳雨を見た。

「じゃあ、到着するまでの時間で少しお話ししておきましょうか」

「うん。知りたい」

「では」

と言って彩音は口を開く。大神神社は日本最古の神社の一つで、ここには本殿がなく背後の三輪山を拝むという、神社の根源的な祭祀《さいし》の形態を続けている。

「でも」巳雨が尋ねる。「どうして『神』って書いて『みわ』って読むの?」

「江戸時代に、本居宣長《もとおりのりなが》という偉い国学者の先生がいてね、その人が書いた『古事記伝』という書物の中で、こんなことを言っているのよ。大和に都があった頃、この三輪神は特に崇められ『大神』といったら、そのまま三輪の神を指した。だから『神』の文字を、そのまま『みわ』と読むようになった——って」

「ふうん、そうなのか。三輪の神は、神様そのものだったんだ」

「またそれに際して、こんな話もあるわ。上賀茂・下鴨神社でも、同じような話をしたけど」

と前置きして、彩音は言った。

その昔——。

美和《みわ》山(三輪山)の麓に、活玉依毘売《いくたまよりびめ》という美しい娘がいた。ある夜、姫のもとに立派な若い男が訪れ、姫は懐妊した。だが男の素性は分からず、いつも夜明けには帰ってしまう。不審に思った姫の父母は、苧環《おだまき》の糸を男の着物の裾《すそ》に刺しておくようにと姫に教えた。男が訪れた翌朝、糸をたどると美和山の神の社に届いていた。

男は大物主神だったのである。

しかし男の姿は消え、姫の手元には苧環に三勾《みわ》の糸だけが残った。それからこの地を三輪と呼ぶようになったという——。

「それで、その神様というのが、大物主神。正式名称は、倭大物主櫛甕玉命《くしみかたま》」

「お姉ちゃん、大国主命って言ってたよ。神様が二人いるっていうこと？」

「そういうことじゃないのよ。『日本書紀』に、こう書かれている」

と言って、彩音は暗唱する。

「『一書《あるふみ》に曰《いわ》く、大国主神、亦《また》の名《みな》は大物主神』ってね。でもそれだけじゃなくて、別名がたくさんあるの。その部分の続きを言えば、『亦は国作大己貴命《くにつくりのおおなむち》と号《もう》す。亦は葦原醜男《あしはらのしこお》と曰《もう》す。亦は八千戈《やちほこ》神と曰す。亦は大国《おおくに》玉《たま》神と曰す。亦は顕国玉《うつしくにたま》神と曰す』——って」

「つまり……。みんな同じ神様だけど、名前だけが違うってことなのね」

「貴船の神様も、そうだったでしょう。一人なのに色々な名前を持っていたわ」

「グリが、グリザベラだったり、グーちゃんだったり、猫ちゃんだったりするようなことね」

そうね、と彩音は微笑む。

「でも、それと同時に、同じ名前だから同一人物だとは限らない。それも注意していないとね」

「どういうこと？」

「一つの名前を、何代にもわたって使う場合もあるの。たとえば、歌舞伎役者さんなんかもそうでしょう。十一代目団十郎《だんじゅうろう》とか、十三代目勘三郎《かんざぶろう》とかのように。でもここで、何代目という文字が省略されていたりすると、同じ人がずっと生きていたように思えてしまう」

「え。それだって、一人の人が二百年も生きてたら、ちょっとおかしいんじゃないかって思わない？」

「日本神話の中には、そういう人たちが何人も出てくる。でも私たちは『神話』だから、そういうこともあるんじゃないかって片づけてしまってるでしょう。これから何百年も経ったら、あの時代の歌舞伎役者たちは長生きだったんだね、なんていう話になってるかもね」

「そうか」巳雨はコクリと頷いた。「お姉ちゃんが結婚して子供を産んで、彩音って名前をつけて、その子もまた自分の子供に彩音ってつけちゃうようなもんだね」

「そうね。でも、同じ時代にいる人は、一代目彩音、二代目彩音というように区別ができるし、またそれが分かるように、色々なあだ名もそれぞれについているかも知れない」

なるほど、と巳雨はお下げを揺らして頷いた。

「それで巳雨たちは、今からその大国主命さんに会いに行くのね。でもさっき、このおじいさんが、大神神社は蛇だらけだって言ってたけど、大国主命が蛇だっていうことなの、おじいさん？」

「じいさんじいさんと、うるさいわ」佐助は顔をしかめた。「おまえもそのうち、ばあさんじゃ」

「うん。でもきっとその頃おじいさんは、もうこの世にいないね」

「なんじゃとっ」

「ニャンゴ！」

「分かった分かった。わしが悪かったよ……。いや、つまりな。今この人の言った」と佐助は彩音を横目で見た。「三輪山伝説に良く似た話が『書紀』に載っておるんじゃが、そこでは三輪の神は小蛇となって櫛函《くしばこ》に入っていたことになっておる。ということはつまり、大国主命が蛇だったということじゃ。実際に、大国主命関係の神社の多くが、奴を『龍蛇神』として祀っておるしな」

「でも巳雨、大国主命さんが因幡《いなば》の白兎《しろうさぎ》を助けたっていう話を知ってるよ。蛇なのに、兎を助けたの？」

「その話は、知っておるのか」

「うーん……少しだけかな」

「じゃあ」と彩音が間に入る。「折角の機会だから、きちんと説明しておきましょう」

そして続けた。

「大国主命には多くの兄弟、八十神《やそかみ》がいたの。そしてある日、全員で因幡国の八《や》上《かみ》比《ひ》売《め》のもとへ求婚に出かけることになった。そこで大国主命は従者として、兄弟たち全員の荷物を背負わされたため、彼らから遅れて歩いていたの。するとその途中、彼らは気多《けた》という場所の岬で、赤裸《あかはだか》になって泣いている兎と出会った。そこでそれを見た八十神たちは、

『その体を治すには、潮水を浴びて、風に当たっていれば良い』

と指示したのね。兎が喜んでその通りにすると、かえって痛みが増してしまい、苦しみもがいてしまった」

「酷い人たちね！」

いいえ、と彩音は巳雨に言う。

「一方的にそうとも言い切れないんだけど、それはまた後で説明するわ——。

やがてそこに、大国主命が一人遅れてやって来た。苦しんでいる兎に向かって、一体どうしたのかと尋ねると兎は、

『隠岐島《おきのしま》からこちらに渡ろうとしたが、その方法がなかったので海にいるワニに嘘を吐いて、私とお前たちとを比べて、どちらが多くいるかを数えてみたい。だから、お前は同族のワニを全部連れてきて、この島から気多の岬まで一列に並べ。そうしたら私がその上を走りながら数えようと言ったんです。そしてワニが並んでいるその上を走りながら渡り、今まさに地上に降りる寸前で私は「お前たちは私に欺《だま》されたのよ」と言ってしまいました。すると一番端にいたワニが怒って私を捕らえ、皮をすっかりはぎ取ってしまったのです』

と言ったの。そして、先ほど出会った八十神たちの言う通りにしたら、さらに酷いことになってしまったと。それを聞いた大国主命は、可哀想に思って、

『今すぐに河口に行って、真水で体を洗い、蒲《がま》の花粉を取ってまき散らし、その上に寝転がれば、お前の肌は元通りに治るだろう』

と教えてあげた。兎が言われた通りにすると、彼女の体は綺麗に治癒《ちゆ》したので、

『あの大勢の神たちは、八上比売を得ることはできないでしょう。あなた様が、姫を

娶《めと》られることでしょう』

と予言して、実際にその通りになったというお話」

「ふうん。分かった。それで、大国主命のお兄さんたちが酷い人たちとは言い切れないっていうのは？」

「昔は、傷口を海水で洗っていたから。そして、日光で殺菌消毒するのが普通だった。でも、この場合はさすがにそんな手当では無理だった。それを兄弟神たちは理解できず、大国主命だけが気づいたということね。藪《やぶ》医者と名医という違いで、兄弟神たちに悪意があったかどうかは、分からないという意味」

「なあるほど」巳雨は可愛らしく腕を組んだ。「でもさ、そういうことならば、大国主命さんは別に怨霊でも何でもないいんじゃないの。普通に偉い神様で」

「これだけならばね」

「じゃあ、何があったの？」

「その時、高天原《たかまがはら》──天上界にいた神様たちが、大国主命が統治している葦原中国《あしはらなかつくに》を、自分たちの物にしようと考えたの。そこで、天之忍穂耳命《あめのおしほみみ》が葦原中国の不穏な状況を高天原に報告したのを受けて、彼の弟神である、天之穂日命《あめのほひ》が遣わされたのよ。ところが彼は、大国主命の部下になってしまって、三年経っても何もしなかった。仕方なく次に、天若日子《あめのわかひこ》が遣わされたけれど、この神は、大国主命の女神、下照比売《したてるひめ》と結婚して、八年経ってもやはり何もしない」

「やっぱり大国主命さんが、良い人だったってことね」

「そうかも知れないわね。騙して部下にしたというより、みんな勝手に配下に入った感じがするから。さて――。そこで高天原は次に、建御雷神《たけみかずち》と、天鳥船神《あめのとりふね》を遣わしたの。この二柱《ふたはしら》の神は、出雲国の稲佐《いなさ》の浜に降《くだ》ると、十拳剣《とつかのつるぎ》を抜いて逆さまに波頭に刺し立てた。そしてその剣の切っ先にあぐらを掻いて、大国主命に向かって葦原中国を譲れと迫ったのよ」

「神様が、そんな乱暴なことをしたの？」

「そう。刀を突きつけて脅したわけね。そこで大国主命は、

『私は返答できません。我が子の八重事代主神《やえことしろぬし》がお答えします』

と答えた。そこで建御雷神たちが、美保《みほ》の岬に出かけていた八重事代主神を呼び寄せて問うと、

『恐《かしこ》し――畏まりました。この国は天つ神の御子に立奉《たてまつ》らむ』

と返答すると同時に、乗っていた船を踏み傾けて天の逆手《あまのさかて》を打ち、船を青葉の柴垣に変化させ、その中に隠《こも》ってしまった。つまり、入水自殺《じゅすい》してしまった」

「可哀想。もしかしたら、弟橘姫《おとたちばなひめ》さんの時と一緒で、無理矢理にそうさせられたのかもね」

「ああ……なるほどね」

そこまで考えていなかった彩音は、巳雨の言葉に驚きながらも納得した。

『記紀』ではそう書かれていても、事実は巳雨の言う通りなのかも知れない。あるいは、直接的に殺された——。

そんなことを頭の隅で考えながら、

「そこで」と彩音は続ける。「さらに『他に意見のある者はいるか』と尋ねる建御雷神に向かって、大国主命は、

『もう一人の息子、建御名方《たけみなかた》神がおります』

と答えると、そこに大岩を手にした建御名方神がやって来た。そして建御雷神に向かって彼は大胆にも、

『力比べをしようではないか』

と言って戦いを挑んだ。しかし、建御名方神が建御雷神の腕を握ると、それは氷柱《つらら》に、そして剣に変化した。その神威に恐れをなした建御名方神の腕を、建御雷神は握りつぶし、ちぎり取って投げ捨ててしまった」

顔を強張《こわば》らせる巳雨に「本当にね」と答えて、彩音は続ける。

「建御名方神は、とてもかなわないことを悟って逃げ出した。しかし、そんな彼を建御雷神は追う。やがて、長野《ながの》・諏訪《すわ》で追いつかれた建御名方神は、

『殺さないで下さい。私はこの諏訪を離れてどこにも行きません。葦原中国は、天つ神の御子のお言葉に従って献上しましょう』

と答えて、諏訪大社に収まったのよ」

「何か大きなお祭りがある神社でしょう。前田《まえだ》くんの家のテレビで見たことある」

「御柱祭《おんばしら》ね。七年に一度、森から切り出した太く大きな柱を神社まで運ぶお祭り。途中で、柱にまたがったまま坂を落ちて行くという勇壮な場面が有名ね。さて、とにかく——。その後、建御雷神が出雲に戻って話を告げると、大国主命は、

『私の子供の二柱の神が申すように、私も背《そむ》きません。この葦原中国は、全て献上いたしましょう。ただ私の住む場所は、柱を太く立て、大空に千木《ちぎ》を高々とそびえさせた立派な神殿をお造り下さるならば、私は幽界に隠れましょう』

と答えて、出雲国の壮大なる神殿に隠れられたのよ。『書紀』ではこの宮を『天日《あめのひ》隅宮《すみみや》』と呼んで、大国主命の言う通り、柱は高く太く、板は広く厚く造ったと記され

ているわ。これが、現在の出雲大社」

「大国主命さんも、結局は殺されちゃったということなの？」

「おそらくね」

「『書紀』には」と佐助がボソリと口を開いた。

「『今我当《いまわれまさ》に百足《ももた》らず八十隈《やそくまで》に、隠去《かく》れなむ』と言って幽界に移ったとしか書かれておらんが、幽界はあの世のことじゃからな。つまり奴は殺されたか、あるいは自殺を強要されたということじゃな。ある日、突然やって来た神たちに、ここは今日から我々の国とするので、おまえたちはすぐに出て行けと言われて、息子たちは殺害され、追放され、そして自分も殺されたんじゃわい」

「そして重要なのは」と彩音が補足する。「その際に、大国主命たちに従っていた多くの民人も、一緒に殺戮《さつりく》されているはずだということ。そんなことはどこにも書かれていないけど、状況から推察すれば、間違いない。だからこそ、大国主命は国土を譲らざるを得なかったのかも知れないわ。これ以上の無駄な犠牲を出さないためにも」

「それじゃ、怨霊になって当然ね！」

「そうよ、巳雨。だからこそ彼は、出雲であんなに大きな神殿に祀られているのよ。自分で要求したなんていうのは、単なる作り話に過ぎない」

「どういうこと？」

「巳雨は、大昔の出雲大社の絵を見たことある？」

「うん、あるよ。長い階段が、ずっと雲の上くらいまで続いている社でしょう。凄いだろうって言って、お兄ちゃんが本を見せてくれた」

「出雲大社は、別名を『杵築宮《きづきのみや》』と呼ばれ、『天下無双の大廈《たいか》』と称されてきたの」

「たいか？」

「大廈の廈は、家のこと。つまりこの場合は、大きな建物や大楼閣という感じね。だから、平安時代に書かれた源 為憲《みなもとのためのり》の『口遊《くちずさみ》』にも載ってる。『雲太《うんた》、和二《わに》、京三《きょうさん》』って」

「何それ。ワニ？」

「平安当時で一番高い建物、つまり太郎は『雲』で、出雲大社。二番目が『和』で、大和の東大寺。三番目は『京』で、京の都の大極殿《だいごくでん》」

「出雲大社の高さは」と佐助が言う。「古伝によれば十六丈といわれとるからな」

「十六丈って、どれくらいの高さなの」

「三・〇三をかけて――」彩音が受けた。「四十八・五メートルくらいかしらね」

「本当に凄いね！」

「当時の東大寺の大仏殿の高さは、十二丈から十五丈──四十メートルプラスマイナス五メートルくらいだったといわれているから、確かに出雲大社は、日本一高い建物だったわね。今でいうと、ビルの十二、三階分くらい」

「よく、そんな高くて大きな建物が建てられたね。遥か昔の話でしょう」

「昔の人たちは、現代の私たちの想像を超える技術を持っていたのね」

「でも、それがどうして大国主命さんの怨霊とつながるの」

「それが、いわゆる『祭り上げる』という方法だからよ」

「偉い人だったからじゃなくて？」

「それもあるけど、この『祭り上げる』という言葉にはね、おだてて自分が偉いような気にさせる、という意味もあるの。あとやはり『祭り上げる』という意味を持っている『担《かつ》ぐ』という言葉に、『欺《あざむ》く』や『騙す』という意味があるようにね。両方とも、二重の意味を持っている」

「誉めているだけじゃないのね。それで『祭り上げ』ているってわけなんだ」

ふんふん、と頷く巳雨に彩音は更に言う。

「しかも、それだけじゃないの。あの本殿にいる大国主命は、正面を向いていないの。つまり参拝者は、大国主命の左横顔しか拝むことができない」

「どういうこと？」

「参拝する人たちに、きちんと拝ませないという目的があるんでしょうね。一般に言われている理由としては、大国主命が西を向いているから、なんていうのもあるけど、それならばそのように神殿を建てれば良いだけの話。今までに、何度も何度も遷《せん》宮《ぐう》を行っているんだから」

「怨霊なのに、きちんと拝んでもらえないなんて、とっても可哀想だね。でも怨霊は、きちんと拝まないといけないって、お兄ちゃんや陽ちゃんも言ってたよ。大国主命さんは、暴れ出しちゃったりしないの？」

「だから彼は、本殿の中で見張られてる」

「見張られてるって、誰に？」

「正面には、五神――『天之御中主《あめのみなかぬし》神』『高御産巣日《たかみむすひ》神』『神産巣日《かみむすひ》神』『宇麻志阿斯《うましあし》訶備比古遅《かびひこじ》神』『天之常立《あめのとこたち》神』という、日本の国創建以来の錚々《そうそう》たる神々が鎮座されている。そして彼を、しっかり見張っているというわけ」

「やっぱり大国主命さんは、恐ろしい神だということなのね」

「そういう意味でも、大黒天《だいこくてん》と同一視されているんじゃないかと思う」

「大黒天って……お正月の七福神の」

「そうよ」

でも、と巳雨は小首を傾げる。

「大黒様って、とっても優しそうなおじさんだよ。恐ろしい怨霊には見えない」

「今でこそ、そうなってるけどね」彩音は、ペットボトルのお茶を一口飲むと説明する。「頭巾を被って、大きな袋を肩にかけて、打ち出の小槌を握って米俵の上に乗っている。いかにも、おめでたそうな神様になった」

「昔は違ったの？」

「もともとの大黒様はね、太く長い牙を生やしていて、手には大きな剣を持って、首には髑髏《どくろ》の首飾りをかけている。そして、私たちのことをギロリと不気味に睨んでいるのよ」

巳雨は頭の中で大黒天像を変換したのだろう、嫌いな椎茸《しいたけ》を口に入れてしまったかのような顔をした。

「げー」口を歪めて彩音を見る。「どうして、そんなに恐ろしいの？」

「元は、インドの神様で『マハーカーラ』という、地獄の王様だったからよ」

「地獄の王様！　閻魔大王みたいな人？」

「そうね。青黒い体で頭が三つ。手は六本で、剣と人間の頭と羊の頭を持っている。

戦闘神というより、死に神のようね」

「それが大黒様で……大国主命さん」

「そういうこと」

彩音は大きく頷いたが、奈良に近づくにつれて段々と頭痛が酷くなってきていた。見れば、グリもそわそわと落ち着かないし、佐助も口数が急に減っている。正面の巳雨も、何か変な顔をしたままだから、きっとお腹《なか》でも痛いのだろう。

「だから」と彩音は言った。「大人しく眠っていてもらわないと、とんでもないことになっちゃうのよ」

「鬼で怨霊で戦闘神で、その上、死に神なのね」

「でも、完璧に目覚めていれば、すでに天変地異が起こっているだろうから、きっとまだそれほどではないはず。だから、何とか今のうちに鎮まっていただく。完全に復活されたら、私たちじゃとても手の打ちようがない」

しかし、と佐助が、半分泣きそうな顔で口を開いた。

「気が進まんのう……。じわじわと冷や汗も出てきとる。それに嫌な予感もするし、ここらへんで帰った方が良かろう」

「ダメよ！　何としてでも鎮まっていただかないと。あなたの知り合いの、磯笛が関与していることでしょう」

「わしは奴を知っているというだけで、殆どなんの接点もないわい。こんなことになるなら、奴の頼みを断っておけば良かったのう……」

情けない顔で溜息を吐く佐助を見て、彩音も少しずつ心臓の鼓動が早くなってきているのを感じていた。

危険が迫っている。

いや、今はこちらから迫って行くのだ。

自分たちに、どこまでやれるのかは分からないが、とにかく全力を尽くす。いざとなったら、巳雨は佐助に預けて、グリと一緒に安全な場所まで逃げてもらえば良い。そのためにも、佐助が必要なのだ。大神神社まで行ってもらう。

そして、もう一つ。磯笛の手にあるであろう「道反玉」。それを、何としてでも手に入れなければ。

彩音は窓の外を流れて行くのどかな田園風景を眺めながら、痛むこめかみを押さえて悲壮な決心を固めた。

＊

田村暁は、ズボンのポケットの中で奥津磐座の石を握り締めながら、大神神社拝殿へと続く「久すり道」を駆けた。

一歩一歩が、砂利に沈み込んでしまうかと思えるほど重く感じられたが、暁は必死に走る。こんな体験は、生まれて初めてだった。きっと自分たちは、取り返しのつかないことをしてしまったのだ。

そんな黒い後悔が、暁の胸の中で積乱雲のように湧き上がる。すぐに雷鳴が轟《とどろ》き渡り、今にも豪雨に打たれてしまうのではないか。そんな気分だった。

淳一の死にしたってそうだ。世間の大人たちは何も知らず、単なる事故——毒蛇に嚙まれた不運だと考えている。しかしそこには原因があるのだ。淳一と自分しか知らない理由が。

あれは間違いなく、三輪山の神の神罰だ。

淳一は、神を怒らせてしまった。それであんな目に遭ったのだ。とても偶然の出来事とは思えない。

しかし――。

ということは、三輪山の神は毒蛇なのか。蛇と深い縁があるという話は知っているが、それが毒蛇だとは聞いていない。それとも、神が毒蛇を淳一のもとに送り込んだのか？

いや。

今はそんなこと、どうでも良い。とにかく、この状況を何とかしなくては。ここにある石を、どうにかしなくては。

暁は走る。

それとも、この石をどこかに放り投げて、何も知らぬふりをしている方が良いのか。それで、三輪山の神の目をごまかすことができるだろうか。

もともとこの石は、淳一が奥津磐座から勝手に拾い上げた物で、暁はそれを強制的に手渡されたに過ぎない。暁には、何の罪もないはずだ。巻き込まれてしまっただけ。むしろ、被害者だ。

それならばやはり、このまま勤番所に駆け込んで、自分たちの行為を正直に告白し、謝罪するべきだろうか。だが、そんなことで許してもらえるものなのだろうか。

しかし――。

現在、お山でどんな事態が勃発したのか、それが分からない以上、このタイミングで神職たちに告白するというのも、どうなのだろう。もしかすると、関連性のないことまで、暁たちの責任にされてしまいはしないか。

どうしたら良い？

震える膝頭を押さえながら、暁はようやくのことで儀式殿前まで戻った。社務所も勤番所も、もう目の前だ。

かといって、このまま勤番所に駆け込む勇気はない。そこで暁は、体が破裂しそうなほどの恐怖心を抱えたまま、宝物館——宝物収蔵庫前の階段に腰を下ろした。今日は開館していないため、近くには人気《ひとけ》もない。そこで、とりあえず一息つく。

だが、何気なく見上げれば、今朝ほどまでは綺麗に晴れ上がっていた空に、今は灰黒色の雲が広がり、三輪山の頂上辺りは霧に包まれていた。天気が急変している！

そんな風景も、さらに暁の心を重くした。ダメだ。とてもこのまま勤番所に駆け込む勇気など湧いてこない。

暁は大きく嘆息する。

そして頭を抱えた時、ふと思いついた。

〝そうだ。昇に電話してみよう〟

伊藤昇だ。この状況で相談も何もあったものではなかったが、とにかく誰かと話をしたい。一人ではもう、このプレッシャーに耐えきれない。

暁は立ち上がると、携帯を取り出して昇を呼び出した。

すると、何回めかのコールで繋《つな》がった。

「昇！」

勢い込んで呼びかける暁の耳に、

「……はい」

というやけに静かな中年男性の声が返ってきた。

えっ。誰だ？

戸惑う暁に、

「田村くんだね」と男性は言った。「昇の同級生の」

「あ。はい……」

「昇の父親だ」

「ああ、おじさん」暁は、あわてて挨拶する。「どうも。田村です。あの……昇は？」

「ちょっと待ってくれないか」

父親は沈んだ声で言うと、電話の向こうで誰かと何やら話をする。やがて再び携帯の向こうで声がしたが、それは昇の父親ではなく、また別の中年男性の声だった。

「田村暁さんですか」

「は……はい」

「私は、奈良県警捜査一課の豊田といいます」

「奈良県警……？」

「今、伊藤さんのお宅に来ています。そうしましたら、昇くんの携帯が鳴ったもので、お父さまに出ていただきました」

「そ、それで……」全く状況が把握できず、暁は混乱した頭で尋ねた。「何かあったんですか」

「昇くんの身に、ご不幸がありましてね」

「昇に！」

「ええ」

「じゃあ、昇は？」

残念ながら、と豊田は声を落とした。

「亡くなられました」

「はっ」暁は顔を引きつらせて空笑いする。「冗談でしょう。だってそんな──」

「田村さんは」と豊田は、暁の言葉を遮って続けた。「今回の件に関して、まだ何もご存じないでしょうな。いや、おそらく数時間ほど前のことですから、無理はないと思います」

「で、でも――」

「ディスプレイの名前を確認したところ、お父さまの話では、あなたは被害者ととても親しいということで、電話に出ていただきました」

「ちょっと待ってください、被害者って。しかも、捜査一課！」

はい、と豊田は冷静に告げる。

「昇くんは、先ほど何者かに殺害されたんです。酷いことに、喉を切られまして」

すると豊田の背後で、昇の母親らしき女性の泣き声が響き渡った。

「まっ、まさか！」

「ちなみにあなたは、今朝亡くなった早見淳一さんとも同級とか」

「はっ、はい」

と答えた瞬間、携帯を持つ暁の手が大きく震え始め、危うく取り落としそうになった。全身が、暗く重く耐えがたい恐怖に包まれ、気が遠くなった。

もう、気絶寸前だ。

豊田は、さらに耳元で何かを伝えていたが、殆ど暁の頭に入ってこない。淳一といい、昇といい、一体自分の周りで何が起こっているのだ。みんなどうしたんだ。いや違う。みんなのせいじゃない。それもこれもきっと、

「石！」

歯をカチカチ鳴らしながら、思わず叫んでいた。

すると、豊田は沈黙した。

その後、ゆっくり問い返してくる。

「今、何とおっしゃいました」

「は？」

「何か、おっしゃったでしょう」

「い、石と言いました。い、いえ、昇が持っていたんじゃないかと思って」

軽く咳払《せきばら》いすると、豊田は静かに尋ねてきた。

「確かに、彼の手の中に一つありました。しかし、どうしてあなたはそのことを知っているんですかな」

えっ。

余計なことを口走ってしまったか。

いや。警察にとってみれば、別に大した質問ではないはず。

それよりも！

昇も、やはりこの石を持っていたのだ。

そして、殺害されたのだという。

次は、間違いなく自分の番だ！

「今から」と電話の向こうで豊田が言った。「少し、お話を聞かせてもらいたいんですが。田村さんは、今どちらに？」

「え、ええと……外に」

「県警に来てもらうか、それとも誰か迎えに行かせるので、場所を教えてもらえますか。どこでしょう」

「お、大神神社です……」

「ああ。こちらから、すぐ近くですな。では、申し訳ないんだが、こちらの伊藤さんのお宅までいらしていただけますか。今から」

有無を言わさぬ口調だった。そこで暁も、

「は、はい」

としか答えようがなかった。

では、と言って携帯が切れると、暁は石段に座り込んだ。もう、とても立っていられない。

「はあ……」

と大きく嘆息する。

少し気を落ち着けてから、昇の家に行こう。このますぐに向かっても、ただ取り乱してしまうだけだ。しかも、余計な一言を口にしてしまったから、それもどう取り繕おうか。いや、それは簡単だ。三人の友情の証とか絆《きずな》とか、適当に青臭いことを言っておけば大丈夫だ。

だが、考えようによっては、警察の人たちと一緒にいる方が安全な可能性もある。但《ただ》し、警察の力が三輪山の神より勝っているならば、という前提だ。果たして県警に、そんな力があるものだろうか。

とすれば、やはり先に神職に告げて謝った方が良いだろうか。

暁の頭は混乱する。

どうしよう！

困った。

だが一つだけ間違いないのは、何もかも淳一のせいだという事実だ。死んでしまった友人の悪口を言いたくないけれど、あいつのせいだ。淳一が、この石さえ盗んでこなければ、こんなことにならなかった。きっと、何事もなくすんでいたのだ。

暁は髪を掻きむしる。

何度目かの溜息を吐いた時、軽い足音と共に自分の前に立つ人の影が目に入った。誰だろうと思って、ふと顔を上げると、そこには見知らぬ一人の女性が立っていた。おそらく年齢は、暁と同じくらいか年下。そして多分、女子高生。

しかも、物凄く美人だった。

色白で、やや細長い卵形の顔。瞳も大きく蠱惑《こわく》的。きちんとセットされていない黒髪が、肩の辺りでサラサラと風に揺れているのも、まるで計算されているかのように素敵だった。

「誰……」

見上げて思わず呟いた暁に、その女性は言う。

「どうされたんですか。具合でも？」

透き通るような声だった。

こういうのを何とか言った……そう、鈴を転がすような声。

「大丈夫ですか。顔色が悪いですよ」

心配そうに覗き込んでくる。

こういう美人に、自分のような男がもてるはずもないことを知っている暁は、顔を引きつらせて軽く受け流す。

「あ、ああ。いや、何でもないから」

と言って立ち上がろうとしたが、恥ずかしいことに足が震えてよろけてしまった。その暁の腕を取って、女性が支えた。

「危ないですよ。誰か呼んで来ましょうか」

その行為と言葉で、暁の顔は真っ赤になる。さっきまで滞《とどこお》っていた血流が、一気に回復する。きっと耳たぶまで赤くなっているだろう。それが分かるだけに、余計恥ずかしい。

「平気だから」わざとそっけなく言って、腕を振り切った。「一人で歩ける」

「そうですか」女性はまだ心配そうに暁を見ていたが、ちいさく微笑んで自己紹介した。「私は、大磯笛子といいます。今日は、鎌倉から来ました」

「ああ、そう」

「ここは素敵な神社ですね」笛子は辺りを見回して、大きく深呼吸した。「清浄な気が充《み》ち満《み》ちていて」

「……だね」

「地元の方ですか？」

「……ああ」

「やはりそうですか」笛子は、顔を明るくして暁を見た。「でしたら、突然で失礼かもしれませんけど……」

「何？」

「もしもよろしかったら、色々と教えていただけませんか。私、ここへは初めてやって来たので」

「えっ」

「ずっと興味はあったんですけど、なかなかチャンスがなかったし、女子校の友だちとも予定があわなくて。それで今日、思い切って一人でやって来ちゃったんです」

「一人で？」

「はい」

どうしてまた、この最悪のタイミングで、と暁は心の中で呪った。こんなチャンスなんて、滅多にあるわけもない。鎌倉から一人で遊びに来た美人の女子高生が、いきなり自分に、地元の神社を案内してくれと頼んでいるなんて——。

いいや。

そんなに自分がもてるわけもない。大きな勘違い。

そう思って、暁は笛子の誘いを断る。

「ゴメン。実はこれから用事があって、すぐに行かなくちゃいけないんだ」

「そうですか……」笛子は可愛らしい唇を尖らせた。「残念です」

「悪いな。もしもきみに時間があれば、後からでも案内してあげられるけど」

「本当ですか」再び笛子は微笑む。「時間は充分ありますから、待っていても良いですか？」

本気かよ！

いい、狐にでも化かされているんじゃないか。

思わず自分の頬をつねりたくなったが、暁はあわてて言った。

「じゃ、じゃあ、用事が終わったらすぐに戻って来るから、きみはそれまで一人でまわっていて」暁は急に饒舌《じょうぜつ》になる。

「あそこの社務所か勤番所で神社の案内図をもらって、先に大きなところだけまわるといいよ。後で、細かい摂社や末社は案内してあげるから」

友人が二人も立て続けに死んでいるこの状況で、しかも自分も県警に呼ばれているのだから、これからの予定がどうなるか全く想像もつかなかったが、一応約束した。お互いの携帯の番号さえ交換しておけば、また改めて連絡を取り合えば良いと思ったのだ。

「じゃあ、ぼくはもう行かなくちゃならないけど、ちなみに、きみの興味のある場所はどこ？」

　すると笛子の目が、キラリと光った。

「実は私が興味があるのは――」

　そして、すうっとその目を細める。

「石です」

「石って！」

「この近辺の岩や石には、非常に強い霊力があると聞きました。特に……三輪山の物には」

「あ、ああ、そうなんだね――」

「ご存じない？」

「う、うん。全然……」

　そうですか、と笛子は暁の顔を覗き込む。

「それなら良かったですね。普通の人がへたに手にすると、霊力が強すぎるために、かえって災《わざわ》いをもたらすらしいですから」

「えっ」暁は、真顔になって尋ねる。「そ、それって本当なの！」

「有名な話です。でも、お持ちじゃなければ、関係ないことですから——」

「もしも！」暁は笛子の言葉を遮った。「いや、仮にだけど、持っていたら、どうしたらいいんだろう」

まさか、と笛子は笑う。

「そんな危険な」

「やっぱり、危険なの！」

「もちろんですよ」笛子は眉根を寄せた。「命に、命に関わります」

「命に——」

ひょっとして、と笛子は再び目を細めた。

「お持ちなんですか？」

「いっ、いや」暁は再び青ざめて、首を横に振った。「持ってないよ、そんな物」

「本当ですか？　嘘を吐くと神罰が下ってしまいますよ。正直におっしゃってください。お持ちなんでしょう」

「そっ、その……」

暁の額に冷や汗が浮かび、胸も早鐘《はやがね》を打ち始めた。本当に今日は心臓に悪いことばかりが起こる。

「も、もしかしてきみは、この神社の関係者？」

「いいえ、全く」

「じゃあ、どうして――」

「そんなことはどうでも良い話」

笛子は妖艶に微笑むと、一歩近づく。

急に距離が縮まり、驚いて後ずさりする暁に向かって、笛子は白くほっそりした手を差し出した。

「もしお持ちならば、見せていただきたいだけ」

笛子の目がキラリと輝いた。

そして、今までとは少し違う、やや硬い口調で詰め寄った。

「さあ、早く」

4

辻曲家は、東京・中目黒にある旧家だ。

家の歴史もさることながら、その外観も年代物だった。周りをぐるりと土塀に囲まれた、破風のある入母屋《いりもや》造りの建物。門被《もんかぶ》りの松と、丹波《たんば》石乱張《いしらんば》りのアプローチ。玄関先には、つくばいもある。

いや、それはまだ良いとしても、その玄関には魔除《まよ》けのお札が貼られ、中に入れば常に新しい盛り塩があり、各部屋まで続く黒光りした廊下の壁にも、さまざまなお札や鬼神や天狗《てんぐ》の絵などが飾られていた。この家は、一軒丸ごと一つの結界の中にあるのだ。

しかしそれは、彩音たちの霊感の強さを考えると当然だろう。

陽一は、その景色を眺めながら思う。

霊感が強いということは、彼女たちは霊が見えるばかりではなく、それら雑多な霊魂も引き寄せてしまう。当然その中には、悪霊もいる。もちろん、善良な霊も存在しているが、やはり比率からいえば、邪悪な霊の方が多い。但し、余りにも邪悪な霊や怨霊たちは、その関係者によって封じられているケースが多いので、それほど心配することもない。

しかし特に今、この家では、家長の辻曲了が死反術《まかるがえしのじゅつ》を執り行う準備を進めていた。だから、普段にも増して邪悪な霊たちに邪魔をされては困るのだ。念には念を入れて、結界の中を清浄に保っていなければならない。

ゆえに、了の手によって普段にも増して強い結界が張られているのである——。

了は、八年前に交通事故で両親を亡くしてしまい、当時通っていた大学を中退して働き始め、辻曲家を支えてきた。現在は渋谷で「リグ・ヴェーダ」という、小さなカレーショップを経営している。陽一も、毎日のように顔を出していたのだが、もちろん今は閉店中だ。摩季の件が片づかない限り、店を開けることはできない。

ちなみに了は、霊感などに関して彩音や巳雨たちほどの力を持ってはいないようで、何とか陽一とも会話することができるという程度だった。しかしその分、了は多方面にさまざまな勉強や研究をしていて、今回、摩季を黄泉帰《よみがえ》らせるために、かなり高度な術である「死反術」を執り行おうとしているのだった。

陽一はインターフォンを通じて了に来訪を告げると、注意深く玄関に入った。それらのお札に下手に触れてしまおうものなら、陽一の体は弾き飛ばされてしまう。ちょうど、高い電圧の電線に触れてしまったような状況になる。

そこで、いつものように慎重に玄関を上がろうとすると、

「陽一くんっ」

奥から了が、大声を上げながら走って来た。

陽一は、驚いて足を止めて了を見る。

「どうしたんですか！」

了は、いつも落ち着いて物静かな男性なので、何事かと思って顔を覗き込めば、わずかここ数日のことなのに、すっかりやつれてしまっていた。やはり術の準備で、精も根も尽き果ててしまっているのだろうか。

「いや」と了は、珍しく早口で陽一に話しかけてきた。

「先ほど、彩音から急ぎの連絡が入ってね。陽一くんとも何度かコンタクトしようとしていたようなんだが、どうもうまくいかなかったらしい」

「そうだったんですか」陽一は頷きながら答える。「なぜか京都の気が、酷く乱れていたんです。だからきっと、ぼくのチャンネルと繋《つな》がらなかったんでしょう。それで、彩音さんは何と？」

「彩音は、巳雨やグリたちと共に、奈良へ向かうと言っていた」

「奈良？　どうしてまた」

「大神神社で、何かが起こっているそうなんだ」

「三輪山、大国主命のですか！」と言って、陽一は納得した。「ああ、それで京都まで嫌な暗い気が流れ込んで来ていたんですね。でも、もしも本当に大国主命関係で何かが起こっているとしたら、それこそ大事《おおごと》ですよ。怨霊の中の大怨霊なんですから！」

「いや、その他にも大変なことがあってね」

と言って、了は彩音から聞いた話を早口で伝える。

京都の街でグリが、貴船の事件にも関与していた六道佐助という傀儡師を捕まえた。その佐助の話によれば、今回もまた磯笛が動いており、その彼女が目をつけているのが、涙川紗也のようだ——。

「紗也を？」

陽一は動揺した。

涙川紗也は、陽一が生前つき合っていた女性で、何も言い残す暇《いとま》もなく別れてしまった。

住んでいる世界がこれほど違うため、もう彼女につきまとうつもりはないが、いずれ何らかの形で、了や彩音を通して陽一の気持ちを伝えてもらおうと思っていた。

しかし今回その、

「紗也が……ですか」

「ああ、そうらしい」

「でも、何故」

「そこまでは、まだ分からない。ただ、以前に走水でも、彼女は命を狙われていたしね。何か、そんな悪いモノを引き寄せてしまう力を持っているんじゃないのかね」

「いいえ。引き寄せるも何も、彼女に霊感は殆どないです」

「じゃあ、生まれ持っている血なのか……。いや、今はそんな分析は後回しだ。だから、とにかく彩音は急いで大神神社に向かうと言っていた。きっともう、向こうに到着している頃じゃないかな。だから、水をぼくに預けたら、陽一くんにもう一度戻って欲しいと言っていた」

「もちろん」陽一は大きく頷く。「すぐに戻ります。奈良の近くまで行きさえすれば、きっと彩音さんともコンタクトが可能になると思いますから」

「それじゃあ、ぼくの軽《けい》で品川駅まで送ろう。行ったり来たりで申し訳ないが、また新幹線に飛び乗って欲しい」

「申し訳ないも何も、こんな場合ですから」

そう言って陽一は水を手渡し、了がそれを大急ぎで冷蔵庫に保管して戻って来ると、二人は車庫に向かって駆け出した。

「それで、了さん」と陽一は助手席で尋ねた。「摩季ちゃん——死反術の方は、どんな様子なんですか」

「予想よりも、かなり厳しいよ」了はハンドルを握って答える。「やはり、神宝《かんだから》の数が足りない。わが家にある二つの玉だけでは、とても不可能みたいだ」

「四宮先生は何と?」

「色々と模索してくれているみたいだが、たったこれだけの神宝で執り行う場合の方法は、まだ分からないとおっしゃっていた。前例がないようだからね。でも、とにかく水は助かった。先生にもお伝えしたら喜んでくれたよ。貴船では、とっても大変だったんだってね。さっき彩音から、少しだけ話を聞いたよ」

「はい」

と答えて、陽一は貴船での出来事を了に伝えた。了は頷きながら聞いていたが、陽一の話が終わると大きく嘆息して唸《うな》った。

「やはりそれも、摩季に危害を加えた磯笛の仲間が関与していたんだろうか」

「多分、そうだと思います」

「だが、彼らは何の目的があって、鳥居を倒壊させたり注連縄を切断したりして、怨霊たちを解き放とうとしているんだろう」

「この国を壊すためとしか思えません」

しかし……、と了は眉をひそめた。

「今静かに眠っている無数の怨霊たちを全て解き放ってしまえば、間違いなく日本は壊滅する。しかし、そんなことをして一体誰が得をする？　たとえば仮に、我々を物凄く憎んでいる人々や国々が存在していたとしても、日本の国が徹底的に破壊され尽くしてしまったら、彼らにとっても不利益になることは間違いない。だから、決してそこまでのことはしない」

「じゃあそれこそ、この国に対する個人的な怨念を晴らしたいとかでしょうか。日本三大怨霊の一人といわれている、崇徳《すとく》上皇のように」

「いや、それも違うな」

了は、ハンドルを握ったまま首を横に振った。

「崇徳上皇はあくまでも『皇を取りて民となし、民を皇となさん』と言ったという。

つまりこれは、天皇や朝廷の貴族たちを引きずり下ろして、日本の階級制度や貴族社会をひっくり返してやるという意味だ。決して日本全体を消滅させると言っているわけじゃない。当然だね。日本の国土が消えてしまったら、自分自身の居場所も消失してしまうんだから」

「確かに……」陽一は、ゆっくりと頷いた。「了さんのおっしゃる通りですね。そんなことになったら、自分の霊魂も消え去ってしまう可能性だってありますから。拠《よ》って立つ場所を失うんですから」

そういうことだ、と了は言う。

「だからぼくは、彼らの目的が皆目分からない。ゆえに、とても不気味なんだ」

そうなのだ。

陽一も、心のどこかで何となく感じていた。これは単なる破壊活動やテロの類いではないし、日本を道連れにして自殺したいというネガティヴな感覚もない。

磯笛たちは、明らかに確固とした目的のもとに動いている感じがする。

しかし――。

その目的が読めない。

「やはりここは」陽一は了を見た。「磯笛を捕まえて問い質《ただ》すしかありませんね。一体何を考えて行動しているのかを。先日の鎌倉で逃がしてしまったのが失敗でした」

「あの時は、どうしようもなかったからね」了は顔をしかめる。「でも、彼女を捕まえられるだろうか。巳雨に言わせれば『狐』だそうだから」

「いえ。何としてでも捕まえましょう。それに彼女は、道反玉《ちがえしのたま》を持っています。玉が三つになれば、死反術の可能性もかなり違ってくるんじゃないですか」

「おそらくそれでも充分とはいえないだろうが、当然、成功率は高くなるだろう。しかし、余りにも時間がない」

「初七日まで、まだ四日あります。最後の最後、ギリギリまで諦めません」

そう答えると陽一は、厳しい眼差しで前方を見つめた。

＊

足を引きずるようにして再び狭井神社まで戻った柏田は、社務所でお山の視察に行った宮司たちを待った。その間、何人もの警備員や神職や巫女たちが出入りする。

しかし、正確な情報は未だ誰も持っていないようだった。そこでむしろ、柏田が彼らに高宮神社の惨状を伝える役目を担っていた。そして柏田が、見たままを口にするたびに誰もが驚き、半ば呆然となって絶句し、そして怒った。

やがて、気が遠くなるように思えるほどの時間が過ぎた頃、宮司や神職たちが汗まみれになって戻って来た。全員の白衣や袴《はかま》に泥が付着しているのを見ても、みんな大慌てで登ってきたことが一目で分かる。

宮司は社務所の奥に座ると、汗だくのまま、巫女がコップに注いだ御神水を息をもつかず飲み干した。そして、一度大きく溜息を吐いて口を開いた。

その話によれば、やはり高宮神社は酷く破壊され、あろうことか更に奥津磐座の注連縄まで千切られていたという。

「なんですって！」柏田は驚愕して叫ぶ。「高宮神社だけでなく、奥津磐座までもですかっ」

そうなんだ、と宮司は真剣な顔で首肯《しゅこう》する。

「積み上がっていた磐も、所々崩されていた。正確には確認できなかったが、もしかすると、いくつかの岩や石が砕かれたり、あるいは盗まれたりしている可能性もあると思われる」

「何という……」

三輪山の神を何だと思っているのだ！

犯人には、間違いなく神罰が下る。いや、今すぐにでも下してもらいたいほどだ。

柏田がそれを口にすると、

「そんな不穏なことを言うのは止めなさい」

宮司が、まだ肩で息をしながら窘めた。

柏田は顔を赤くして、

「失礼しました」頭を下げる。「怒りの余り、つい――」

いや、と宮司は声をひそめた。

「本心を言えば、私も同じような気持ちだよ。しかし、どこの誰があんなことを」

「たとえそれが誰であろうとも、決して許すことはできません」柏田は、少しだけ冷静さを取り戻して頷いた。「しかし今は、一刻も早く修復を」

「実にそうなんだが、困ったことに、すぐにはとても無理だ」

「何かあったんですか」

「急に天候が崩れてね。頂上付近は現在、物凄い濃霧に覆われてしまっている」

「お山に濃霧が？」

ああ、と宮司は顔を曇らせる。

「こんな経験は初めてだよ。多少の霧がかかることは幾度かあったがね。何しろ一寸先が見通せないほどの霧が、辺り一面を包み込んでいるんだからな」

「まさか」

「いや、本当だ。だから、すぐにこれは危険だと判断して、全員で山を大急ぎで下りて来た。しかしご覧の通り、途中で誰もが転倒してしまった」

それで全員の白衣や袴が泥だらけだったのか。普段であれば、いくら急いで登拝したとしても、ここまで汚れない。

しかも、お山登拝に慣れている宮司たちだ。その彼らが足を取られて苦労したということが、宮司の言葉を裏づけていた。それほどまでに、見通しのきかない状況だったのだ。中には、肘《ひじ》や膝を打ったりすりむいてしまったりした神職もいたようで、他の神職や巫女たちに手当を受けていた。

柏田がお山を見上げれば、いつの間にか空も暗くなり、頂上付近には厚い雲のようなものがかかっている。宮司の言う通り、こんな急激な天候の変化も非常に珍しい。柏田にとっても、初めての経験だった。

高宮神社の一件とは無関係とは思うが、どことなく不穏な空模様だった。先ほどの地震といい、何となく不吉な予感がする。

これらは、全く偶然の自然現象なのか。

それとも、何か関係があるのだろうか。

ひょっとして、三輪山の神が怒っている？

〝いや、そんなわけもない〟

柏田は自ら笑って否定した。

あわただしく対応に追われながらも、権禰宜《ごんねぎ》や警備員たちに的確な指示を出している宮司の姿を眺めながら、柏田は思う。

この凶行には、どんな目的があったのだろう。

これは、単なる冗談や悪戯などではすまされない、れっきとした犯罪行為だ。その犯罪を、あえて犯す必要がどこにあるのだ。

しかもあの社は、日本の根幹に関わる神のお山を護っていた。その社を破壊する行為が、何を意味するか分かっているのか。それは、お山の守護を外すことになる。

現在、三輪山の神には、静かに眠っていただいているから良いようなものの、これがもしも恐ろしい怨霊神で、それが目覚められてしまったら大変な事態を招く。大昔のように、天変地異があちらこちらで勃発してしまう可能性もあるだろう。

現代人の多くは失念しているようだが、わが国は、空にも海にも山にも、それぞれの神々がいらっしゃるのだ。この国に生きているのは、人間だけではない。太古からの神々も一緒に生きているのだ。

柏田の胸には、改めて犯人に対しての怒りが、一杯に広がった。

＊

彩音たちが大神神社拝殿前にたどり着くと、境内は騒然としていた。いや、そんな形容詞では収まりきらないほど、混沌《こんとん》とした状況だった。

神職や巫女たちの往来が激しく、参拝客も何が起こっているのかと、落ち着かない様子で辺りを見回し、境内を満たしているはずの清浄な空気も大きく乱れていた。

「ここで何が起こっているの」

思わず顔をしかめて呟いた彩音の服の裾を、巳雨が引っ張る。

「お姉ちゃん……お腹《なか》痛い」

「大丈夫？　我慢できそう？」

自分も、後頭部が割れそうなほど痛い。その痛みに耐えながら尋ねる彩音に向かって、巳雨は泣きそうな顔で、

「うん……」と頷いた。

やはり佐助に来てもらっていて良かった。これ以上、巳雨に負担がかかるようならば、グリを連れてどこかに避難してもらおう。

しかし。

確実に、どこかがおかしい。

まさか本当に、大国主命が目覚めようとしているのだろうか。

だが彼の本体は、出雲大社に封印されたままのはずだから、こんなに激しい負のパワーは出せないはずだ。それともまさか、出雲大社でも何か異変が起こっているというのだろうか。万が一そうだとしたら、とても彩音だけでは手に負えない。というより、この国の誰が大国主命に立ち向かえるだろう。

そうではないことを祈りながら、

「じゃあ、もう少しだけ頑張って」彩音は巳雨を励ます。「こんな状況じゃ、神職さんと一緒に昇殿して鎮魂するのは不可能だろうから、取りあえず近くまで行って祈ってみる。何か情報をつかめるかも知れないから。巳雨は無理だったら言ってね」

「分かった」

と頷く巳雨の横で、

「わしは、もう帰りたいぞ」青ざめた顔で佐助が言った。「さっきから変な蛇たちが、あっちこっちでチョロチョロと顔を覗かせておるしな。諦めて戻ろう」

「ダメよ」彩音は佐助を睨む。「あなたは、責任をもって磯笛を捜《さが》しなさい。きっと、紗也さんと一緒にいるはずだから」

「責任をもっても何も！」佐助は訴える。「わしは、あ奴と無関係だと言っておるではないか。それに、あんたらにくっついてこんな場所まで来たことを磯笛に知られたら、間違いなく殺されるわい。ということで、せいぜい気をつけてな。この場所で別れるとしよう」

「ここまで来ておいて、何を言ってるの」

「来ておいてじゃと！」佐助は吠《ほ》えた。「あんたらが、無理矢理に連れて来たんじゃろうがっ。今朝の猿太といい、あんたらといい散々じゃ。わしは帰るぞ」

「待って！」

「うるさいわいっ」

と背中を向けた佐助に、

「ニャンゴッ」

グリが鳴き「ひいっ」と佐助は肩を竦めて振り返る。

「わがままを言うな！　わしだって命が惜しいんじゃ。年寄りも何も関係あるかっ」

「ニャンゴ」

「いや、しかしおまえ――」

「ニャンゴ……」

「わ、分かった分かった」

佐助は泣きそうな顔で、開き直ったように訴える。

「おまえの言う通りにするわい。全く、気の短い奴じゃ。しかし、これから何が起ころうと責任は持てんぞ」と言って彩音を睨んだ。「全部、あんたらのせいじゃからな」

「じゃあ、行きましょう」

彩音が答えて、全員で進む。

立派な千鳥唐破風の飾られた拝殿前は、密度の濃い風が重苦しく流れており、彩音の髪と巳雨のお下げを、ゆらゆらと揺らした。

彩音はコトリとお賽銭を落とすと深々と一礼し、巳雨も同じ動作を真似する。続いて彩音は、辺りを気にせず四拍手を打った。そしてほんのわずか間を開けて再び四拍手。こんな場合だ、周りを気にかけている余裕はない。きちんと長拍手《ながて》を打つ。

そして、祝詞《のりと》を上げた。

「高天原に神留《かんづま》り坐《ま》す、皇《すめら》が親神漏岐《むつかむろぎ》、神漏美《かむろみ》の命《みこと》を以《もち》て、天《あま》つ祝詞《のりと》の太祝詞事《ふとのりごと》を宣《の》れ。此《か》く宣らば、罪という罪、咎《とが》という咎は在らじ物をと、祓え給い清め給うと曰す事の由を諸々神の神等《かみたち》に左男鹿《さおしか》の八《や》つの耳を振り立てて、聞こし食《め》せと曰す――」

そこで腰を深々と折り、隣ではチョコンとお下げを揺らして巳雨も真似をする。

さらに彩音は続けた。

「神火清明、神水清明、神心《しんしん》清明、神風清明、善悪応報、清濁相見――」

ゆらり……と、境内の空気が揺れたような気がした。

次に、ドンと、下から突き上げるような衝撃が襲う。

彩音たちの後方で、参拝客が声を上げて周囲を見回した。巳の神杉も、ゆらりと大きく揺らいだが、それも一瞬のことだった。誰もがホッとした顔で、引きつりながらも「驚いたな」などと笑い合っていた。

彩音は硬い表情のまま巳雨の手を引いて拝殿前から下がる。そして、神杉の近くまで移動すると眉根を寄せて言った。

「全く効果がない」

「ダメなの？」巳雨が半泣きの顔で尋ねる。「大国主命さん、聞いてくれないの」

「ええ。貴船の時より酷い」彩音は爪を噛んだ。「祈りを聞いてくれないどころか、応じてくれもしない。ただ、暗い『気』が揺れ動いているだけ」

「あんたら！」と佐助は彩音たちを、そしてグリをまじまじと見た。「一体何者なんじゃ。こいつを連れておるし、今の『最要祓《さいようのはらい》』の祝詞といい。だが、磯笛を知っとるところをみると、ただの神職とは思えんが……」

「そんなことは、どうでもいい」彩音は吐き捨てる。「肝心なのは、この大神神社よ。どういうことなの！」

「お姉ちゃん……」

不安げに抱きついてくる巳雨の頭を、彩音は優しく撫でる。

「まるで、暗い海に向かって話しかけているみたい。いえ、海ならば波が返ってくるけど、それすらもない。星一つ見えない夜の空と対峙しているようだわ」

「大国主命さん、いないの？」

「いいえ。これだけの念と気が充ちているということは、何者かがいる。でもそれは、大国主命じゃないかも。ということは……」彩音は切れ長の目を細めた。「もしかすると私たち、大きな勘違いをしているのかも知れない」

「なんじゃと」佐助が声を上げた。「この三輪山にいるのは、大国主命じゃないとでも言うんか」

「分からない……」

「確かに三輪山の神は『大物主神』じゃ。しかし『記紀』でも、そしてこの神社でも、大物主神は大国主命と同体だと言っておるぞ」

「知ってる」彩音は言う。「神社の書籍にも、大国主命が自らの魂を三輪山に鎮め、それを大物主神と名づけて祀った――と、はっきり書かれている。でも」

彩音は、こめかみを押さえる。

「大国主命の存在を感じられない」

はっ、と佐助は嗤った。

「おまえが、他の神と区別できないだけじゃないのか」

いいえ、と彩音は真摯《しんし》な眼差しで答える。

「神そのものの存在を感じられないのよ」

「じゃが、三輪山は神体山じゃぞ。これは、どこをどう調べてもそうなっとる。となれば、当然そこには神様がおる。神様のいない神体山など、それこそ存在しとらんわい」

その言葉を聞き流すように、彩音は携帯を取り出した。

「私たちはきっと、どこかで間違ってしまったのかも知れない」

「何をじゃ！」

「分からない」彩音は答えて、携帯の電話帳を開く。「陽一くんとコンタクトしたいんだけど、この状況じゃとても無理だから、兄さんに連絡を入れてみる」

そう言って、彩音は携帯を耳に当てた。

品川駅前に車を着けて了が、

「じゃあ、よろしく頼むよ」

陽一に向かって言った時、携帯が鳴った。誰だろうと思ってディスプレイを見れば、彩音だった。

「ちょっと待って！」

了は車を降りかけた陽一を、あわてて留める。

「彩音からだ」

えっ、と陽一は了の携帯を見る。

「どうしたんでしょう」

「今、聞いてみるよ」

と答えて了は、もしもし、と電話に出た。すると、

「兄さん！」電話の向こうで彩音が叫ぶ。「やっぱり大神神社がおかしいの」

かなり切迫した声で、今拝殿で祝詞を上げて祈ったが、全く反応がなかったことを告げる。だが、境内の空気は間違いなく澱《よど》み揺らいでいる——。

「しかし」了は首を傾げた。「そこで異変が起こっているというのに、祭神が全くの無反応というのはおかしいね。いくら神体山だといっても、そこに『何者』かがおわすはずだから」

「空気が重くて暗いし、祈り終わった後で、一度だけ地面が揺れた」

「じゃあ、やはりそこにいらっしゃるはずだ」

「でも、全く感応《かんのう》しないの。不穏な気が充満しているだけで、存在がつかめない。貴船の時より酷い」

「どういうことだろう……」了は顔をしかめて陽一を見る。「大物主神——大国主命は、彩音の力を遥かに超える大怨霊だということなのかな」

「たとえそうだとしても、無反応というのはおかしいです。それに——」陽一は、電話を通して彩音に呼びかけた。「確か大神神社の参道は、一直線でしたよね」

「ええ」と彩音は答える。「太くて広い道だった。少し緩やかにカーヴしているけど、決して折れ曲がってはいないわ」

怨霊を祀っている神社の多くは、参道が折れ曲がっている。最も典型的なのは、大怨霊である菅原道真《すがわらのみちざね》を祀っている太宰府《だざいふ》天満宮だ。鳥居をくぐって進むと、参道は左に直角に折れる。その他にも、寺も含めて例を挙げればきりがないほど多い。

必ずしも、参道が折れ曲がっている寺社の全てが怨霊を祀っているとはいえないが、怨霊を祀っている寺社の参道は曲がっている。

というのもわが国には、怨霊は真っ直ぐにしか進むことができないという言い伝えがあるからだ。ゆえに参道を曲げて、怨霊が簡単には外に飛び出せないような構造になっているのである。

「ということは」と陽一は言う。「大国主命は、確かに昔は大怨霊だったけれど、現在はきちんと祀られているため、それほど恐れる怨霊ではなくなっているということですよね。そうしたら、なおさら彩音さんに感応しないなんておかしいです」

「でも、何の応えもないの」彩音は二人に訴える。「でも、事実私も頭痛が酷いし、巳雨もお腹が痛いと言ってる」

「じゃあ確実に、そこには『障《さわ》り』が存在しているはずです。巧妙に姿を隠しているということでしょうか」

「こんな状況で、今さら姿を隠す意味はない。大国主命という名前まで分かっているんだから」

「確かにそうですね……」

「でも、存在が全くつかめない。拒絶すらされないんだもの」

「それは……」

陽一と了は顔を見合わせた。

こちらの訴えに答えてくれるか、あるいは最低でも拒否されるかならまだしも、それでは手の打ちようがない。光一つない真っ暗闇か、一寸先も見えない濃霧の中を歩いているようなものだ。手を差しのべても、全くの無駄な行為になる。

だから、と彩音は続けた。

「急いで聞いてきて欲しいの」

「四宮先生ですか」

尋ねる陽一に、彩音は言う。

「それは兄さんに任せて。陽一くんはあの人に」

「えっ」陽一は小さく叫んだ。「まさか、あの――」

そう、と彩音は電話の向こうで大きく頷いた。

「火地晋《かちすすむ》さん」

「は……」

「きっと私たちは、何か大きく誤っている。だから、こんなどうしようもない状況に陥っているんだと思う。陽一くん、お願い！」

「は、はい……」

さすがに陽一は躊躇《ためら》った。

というのも――。

火地晋という人物は、新宿の裏通りにあるレトロな喫茶店「猫柳《ねこやなぎ》珈琲店」に常に出没している老歴史作家だ。毎日毎日、缶入りのショートピースをくゆらせながら、万年筆で手書きの原稿を書き続けている。但し、火地本人はとうの昔に死んでいて、現在は老幽霊となっている。

火地は、まだやり残したことがたくさんあるようで、浄霊《じょうれい》できず「猫柳珈琲店」の地縛霊となって、延々と原稿を書き続けているのだった。この世に長く存在しているだけあって、さすがに歴史の知識は豊富だし、火地独特の歴史観も持っている。それは素晴らしいことなのだが――。

実に頑迷固陋《がんめいころう》なのだ。

今朝も陽一は会ったばかりなのだが、無知を散々叱られた上に嫌みまで言われて来た。だから、最低限きちんと勉強して行かなくては、口をきいてもくれない。

陽一も、人間だった時は歴史作家を目指していた。だから、それなりの知識は豊富なのだが、火地とはどうやら質もレベルも違っているようだった。陽一は、事典や辞書に載っている一般的な歴史の知識を蓄えているが、火地は更に、そこから「自分で考えた何か」を持っているのだった。そして変なことを言おうものなら、

「バカか」

の一言で追い返されてしまう。そこでいつも陽一は食い下がるのだが、これも大仕事なのだ。そもそも火地は幽霊なので、

「生きている人間の世になんぞ、興味がない」

と公言しているのである。そんな幽霊に会うのは、とても気が重い――。

陽一が、そんなことを思っていると、

「このまま放っておくと、大変なことになるわ」彩音が言った。「きっと紗也さんも巻き込まれてしまう」

「紗也も……」

前に決意したように、陽一は現在、紗也に対しての特別な思い入れは封印した。しかし、彼女の身に危害が及ぶとなれば、また話は別だ。

「陽ちゃん」彩音の後ろから巳雨も言う。「何か分からないけど、とっても恐いの

よ。鳥さんも蛇さんも、みんな怯えてるし、地面もずっと小さく震えてる」

もう迷っている時ではなかった。

「すぐに行きましょう」陽一は了を見て頷いた。「猫柳珈琲店へ」

「新宿だね」了は携帯を陽一に手渡すと再びハンドルを握り、アクセルを踏み込んだ。「急ごう」

「ありがとう」電話の向こうで彩音が言った。「私たちは、こっちでこのまま待機しているから」

「急いで話を聞いて、すぐ彩音さんたちにお伝えします。そしてぼくも、そちらに向かいます」

「頼むわ。私たちも、紗也さんを何とか捜してみる」

「よろしくお願いします。でも無理をしないで、危ないと感じたら、すぐに逃げてくださいね」

「分かってる。どちらにしても今この場所は危険だから、一旦ここからどこか近くの場所まで退いて、対策を練る。何かあったら、またここに電話を入れると兄さんに伝えておいて」

「了解しました」

陽一は大きく頷いて電話を切った。了の軽は、スピードを上げて新宿へと向かう。

彩音が電話を切ると、

「良かったね」巳雨がお腹を押さえながら言った。「また、巳雨やグリからも、火地さんに頼んでおくね」

「そうね」と彩音は微笑んだ。

あの老幽霊を、巳雨は全く恐がっていない。いや、むしろ好きだと言うのだ。

「でも、こんな状況じゃうまく伝わらないかも知れないわね」

「一応、言っておく。よろしくお願いしますって」

「ニャンゴ」

「頼むわ。でも、取りあえず一旦下がりましょう」彩音は厳しい表情に戻る。「ここは危ない」

「どこへ行くの？」

「本当ならば、石上《いそのかみ》神宮か率川《いさがわ》神社が良いんだけれど、ちょっと遠い。何かあった時に、ここにすぐ駆けつけられる距離が良いから……」

彩音は少し考える。そして、すぐに思い当たった。

「綱越《つなこし》神社が良いわ。ここから西へ行った所にある神社よ。祓戸大神《はらえどのおおかみ》たちが鎮座している」

「瀬織津姫《せおりつひめ》さんたちだね！」巳雨が顔を輝かせる。「巳雨の大好きな」

「そうよ」

こめかみを押さえながら彩音も微笑んだ。あの場所ならば、何かあっても、きっと巳雨たちを守ってもらえる。

「ニャンゴ」

グリが鳴くと、社務所の方から佐助があわてて戻って来た。

「違う違う」佐助は首を振る。「わしは、社務所から情報を得て来たんじゃ。何か分からんかと思って」

「ニャンゴ」

「当たり前じゃ。一人で逃げたりなどせんよ」

「それで」と彩音は尋ねた。「どうだって？」

ああ、と佐助は嘆息する。

「やっぱり、三輪山が大変なことになっておるようじゃぞ」

「大変って、どんな？」

「詳しいことは教えてくれんかった。というより、彼女らも良く把握できていないらしい。とにかく無茶苦茶らしいな」

「無茶苦茶？」

「頂上付近がボロボロだそうじゃ。それで、三輪の神が怒っておるのかも知れん」

「何ということ」彩音も大きく溜息を吐く。「でも、それならば私たちの呼びかけに感応してくれるはず……。やはり、おかしい」

「きっと、磯笛らが絡んでおるんじゃろう。それで、何かわしらの予想外のことが起こっとるに違いない」

「大変だわ」彩音は巳雨の手を引いた。「とにかく全員で、一旦綱越神社まで移動しましょう」

「通称『おんぱらさん』か。それが良い」佐助が、ホッとしたように言った。「あそこの結界は強いからのう」

「そこで陽一くんからの連絡を待ちながら、今後の策を考える。佐助さんも、協力してね」

「ニャンゴ！」

「分かっとるって。しかし……」佐助は拝殿を振り返った。

「これは、予想以上にやつかいなことになったな。果たして、わしら如きの手に負えるかのう」

「とにかく、できるところまではやる。それから先は、文字通り神頼み。巳雨もグリと一緒に頑張ってね」

「うん。分かった」

「ニャンゴ」

仕方ないの、と佐助は情けない表情で肩を竦める。

「これもまた、定めなのかのう」

5

陽一は猫柳珈琲店の前に立って、一つ深呼吸した。

了には近くのパーキングに車を停めて、そこから四宮先生に連絡を入れてもらい、アドバイスをいただく手はずになった。もちろん、彩音からの緊急連絡が入れば、この店にすぐ駆けつけてくれる約束になっている。

陽一は、辺りに気を配りながら一歩進む。

いつものように入り口で、火地の妖気を感じ取ろうとするまでもない。相変わらず一番奥の席に座って、原稿用紙のマス目を埋めているのは充分に承知している。というのも、今朝一番で会ったばかりなのだ。しかし、まさか一日に二度も会う事態になるとは夢にも思わなかったが。

陽一は、壁一面が蔦《つた》で覆われている店のドアを注意深く開けた。

ここが、いわゆる幽霊と違うところだ。壁をスルリと通り抜けることができないのである。人間や障害物にぶつかってしまうのが、ヌリカベの長所でもあり短所でもある特徴だ。

誰も通った形跡がないのに自動ドアが開くのを目撃したことがある人もいるだろう。また、何もない場所で躓《つまず》いてしまったりした経験はないだろうか。真っ平らな廊下で転んでしまい、友人に笑われたことなどは？　実はそれは、陽一のようなヌリカベたちのせいなのだ。彼らの意図にかかわらず、つい接触してしまった結果なのである——。

陽一は文字通り風のように、少しだけ開いているドアの隙間を通り抜けて店の奥へと向かった。

この店は、低い天井のフロアが入り組んでいる上に、狭い通路には大きな観葉植物の葉がはみ出しており、歩いているだけでジャングルを探検しているような気分になる。座席も複雑にレイアウトされているため、よく店員は間違えずに注文の品を運べるものだと、いつも来るたびに思ってしまう。

そんな店の行き止まり。

「Reserved——予約席」と書かれているプレートが一年中置かれているテーブルには、想像通り火地が腰を下ろし、物凄いスピードで一心に万年筆を走らせていた。そのたびに白髪がバサバサと揺れる。たまに天井を見上げるように体を起こすと、頬骨がやけに目立つ顔と、その顔形とはやけに不釣り合いな大きな瞳が見えるが、それも一瞬で、すぐにまた下を向いて原稿用紙と向かい合っていた。

拒絶されることを嫌というほど熟知している陽一は、そろそろと火地の前に立つ。

「こんにちは」

恐る恐る挨拶したが、予想通り火地は顔も上げずに、ただひたすら原稿用紙のマス目を埋めていた。

「あの……」と陽一は続ける。「今朝は、ありがとうございました。おかげさまで、貴船の神には無事に鎮まっていただけました」

そう言いながら陽一は、火地の前のイスをこっそり静かに引く。

「かなり大変な思いをしてしまいましたけど、それでも長い歴史の中で貴船の神様が受けてきた辛い仕打ちに比べれば、ぼくらの苦労など、全くどうということもないですね。彼女は本当に悲惨な歴史を抱えていました……。でもとにかく、それもこれも火地さんのおかげで――」

「見て分かる通り、わしは忙しい」

顔も上げずにしゃがれ声で吐き捨てる火地に、陽一はおずおずと言った。

「いえ、まずお礼を――」

「礼などいらん」火地は万年筆を動かしながら、吐き捨てる。「そして、あんたがわしに礼をしたいというならば、今この瞬間にここから立ち去って、家に帰れ。わしにとっては、それが一番嬉《うれ》しい」

「そんなことをおっしゃらず――」

イスをそうっと動かす陽一を見もせずに、火地は言った。

「そして間違っても、断りなくその席に座るな」

「あ……」

「こうしている間も、ペースが落ちる。早く帰れ」

取りつく島もないとはこのことだが、この程度で陽一も引き下がれない。こうなることは、最初から織り込み済みだ。それに、今回は時間がない。

陽一は、単刀直入に切り出した。

「実は、また火地さんに教えていただきたいことができてしまいました。しかも、実に大事《おおごと》なんです。その上、物凄く大勢の人たちの命に関わっているんです！」

「生きている人の世の出来事なんぞに、何の興味もない」

いえ、と陽一は真剣な顔で首を振る。

「今度は、もしかするとぼくらにも関係してくるかも知れません。何しろ相手は歴史的な大怨霊、大国主命なので」

「ふん」火地は相変わらず、顔も上げない。「大国主命レベルの怨霊ならば、この国のそこらじゅうにゴロゴロしとる。今さら何を言っておる」

「でも、とにかく聞いてください」

と言って陽一はその場に立ったまま、先ほど彩音から聞いた話を伝えた。

三輪山——大神神社が大変なことになっている。小さな地震も起こっているので、ひょっとすると三輪山が鳴動しているのではないか。しかも、祝詞にも祈りにも全く反応してくれない。ただ、不穏な空気で満たされているばかりだ、と。

「それで彩音さんは」と陽一は身を乗り出す。「自分たちは、何か間違っているのではないか、それを火地さんに訊いて欲しいと」

「間違っていれば、それなりの神罰が下るのは当然じゃ。わしには、どうすることもできん」

「やはりぼくらは、どこか誤っているんでしょうか」

「バカか。話にならんくらいじゃ」

「えっ」

陽一は、一瞬絶句する。

やはり彩音が感じた通り、何かが違うのだ。

しかしそうであれば、ここは何としてでも火地に教えを請わなければならない。

「今、彩音さんたちは、何とか彼に鎮まっていただかなくてはと必死なんです。だからお願いします。彼女たちはきっと、命懸けの決意で大神神社近くに留まっているんだと思います」

「勝手に命でも何でも懸ければ良いじゃろう。そんな物をとうの昔に無くしておるわしには、どうでも良い話じゃ」

「巳雨ちゃんも！」と陽一は続けた。「彩音さんと一緒にいます。本心は、恐くて帰りたいんだと思いますけど、それでもあの子なりに、何かできないかと思って頑張っているんです。ですからお願いします！　このままでは、彩音さんや巳雨ちゃんたちは――」

「……知っとるわ」

「は？」

「さっきから、猫がうるさい。黙れと言ってやってくれ」

「まさか、グリですか？」陽一は驚いた。「いえ、そんな。ぼくが彩音さんや巳雨ちゃんとコンタクトできないのに、グリと火地さんが？」

いや。たまたま、波長が合うということもある。

しかしそれにしても——。

などと陽一が考えていると、火地が苦々しげに尋ねてきた。

「何物なんじゃ、この猫は」

「い、いえ。ぼくは全く知りません。巳雨ちゃんが、一、二年前に学校帰りに拾ってきた野良猫で——」

「まあ、いい。座れ。うるさくてかなわん」

「ありがとうございます！」

陽一が急いでイスを引いて腰を下ろすと、火地は万年筆をカタリと置き、手元の缶の蓋を開けてショートピースを一本取り出す。いつものようにマッチで火を点《つ》けると、プカリと煙を吐き出した。そして、バラリと垂れた白髪の間から、大きな目で陽一を睨む。

「今言ったように、大神神社の状況を回復させる方法など、わしには分からん。だが、あんたらが何も知っていないということだけは分かる」

「では！」陽一は思わず身を乗り出す。「ぜひ教えてください。ぼくらが、何をどう勘違いしているのかを」

「いきなり人の話を聞いておらんな」

火地は、再び煙を吐く。

「わしは、あんたらが『何も知っていない』と言った。勘違いというのは、知っているのにもかかわらず、思い込みからつい間違ってしまったということじゃ。何も知らんのならば、勘違いのしようもない」

「何も知っていない……んですか」

「というより、全く考えようとしておらんな。実に悲惨じゃ。確かにこれでは、神も悲しむわい」

「い、いえいえ」陽一は、あわてて答える。「色々と考えているんですけど、分からないんです。今回も彩音さんたちと悩んだんですが、結局、解答を見つけられませんでした。何故、三輪山の神である大物主神――大国主命が応えてくれないのか」

「本当に祈ったのか」

「ええ。彩音さんがおっしゃるんですから、きっと本当に」

「ふん」と火地は苦い顔でショートピースをふかす。

「あんたは、大神神社――いや、三輪山について何を知っとる」

「はい」

と答えて、陽一は口を開く。

大神神社は、三輪山を神体山としており、これは古代信仰であるアニミズムの形態で、そのために参拝者は拝殿奥の三ツ鳥居を通して三輪山を拝む。ちなみに神社の主祭神は大物主神であり、大己貴神《おおなむち》と少彦名神《すくなひこな》を配祀《はいし》しているが『日本書紀』などによれば、大物主神と大己貴神は、大国主命と同体とされている——云々《うんぬん》。

陽一の話が終わると、火地は煙草を灰皿に押しつけて消すと、

「確かに三輪山の周辺は」と火地は続けた。

「卑弥呼の墓という説もある箸墓古墳、第十代崇神《すじん》天皇陵、第十二代景行《けいこう》天皇陵などがある、古代の重要拠点だった。その標高四百六十七メートル、周囲十六キロメートル、面積三百五十ヘクタールの三輪山の山頂から見る冬至の朝日は伊勢の方角から昇るので、山頂は冬至の朝日を拝する日向《ひむかい》の地だったのではないかとする説もあるほどじゃ。つまりこの山の神である大物主神は『日神』と考えられておった。そして、あんたも知っておると思うが、この三輪山に関して非常に有名な伝説が三つある」

火地は、骨しかないのではないかと思えるほど細い指を三本、目の前に立てた。

「まずは『古事記』じゃな——。

ある日、大国主神（大国主命）が出雲の美保《みほ》の岬から海を眺めていると、蘿藦《かがみ》の実で作った船に乗って、蛾《が》の皮で仕立てた服を着て近寄ってくる神がいた。誰もその神

の名前を知らなかったが、蟇蛙《ひきがえる》が『案山子《かかし》の久延毘古《くえびこ》ならきっと知っているでしょう』と言うので、大国主神が久延毘古を呼んで尋ねると、

『この神は、神産巣日《かみむすひ》神の御子の、少毘古那《すくなびこな》神です』

と答えた。そこで大国主神が神産巣日神に尋ねると、神は、

『それはまさしく、わが子です。少毘古那神は、葦原色許男《あしはらのしこお》命（大国主神）と兄弟となって国を造り固めなさい』

と告げた。そのために、二神は葦原中国を造り固めたが、やがて少毘古那神は海の彼方の常世国《とこよのくに》に渡ってしまった。大国主神が、自分一人でどうやって国造りができようかと嘆いていると、またしても海から神がやって来て、

『私の御魂《みたま》を大和の東の山の辺りに祀れば、あなたと共に国造りをなそう』

と言った。そこで大国主神はこの言葉に従って、御諸《みもろ》山（三輪山）の上にこの神を祀った。

『「吾《あれ》をば倭《やまと》の青垣の東の山上《やまのえ》にいつき奉れ」と答へ言《の》りたまひき。こは御諸山の上《え》に坐《いま》す神なり』――とな。

また、これと同じようなことが『日本書紀』にも書かれておる」

「『神代上』第八段、最後の部分ですね」陽一は頷いた。「幸魂《さきみたま》・奇魂《くしみたま》だ」

そうじゃ、と火地は言った。

「大国主命――この場面では、大己貴神《おおなむち》となっている――が、海から現れた光に尋ねると、自分は幸魂・奇魂だと答えた。大国主命は、それらが自分の魂だったと悟り、どこに住みたいでしょうかと訊いた。するとそれらの魂は、『吾は日本国《やまと》の三諸山《みもろのやま》に住まむと欲《おも》ふ』と答えた。そこで彼は、言う通りの場所に宮を造って祀った。そして『此《これ》、大三輪《おおみわ》の神なり』とある」

いつも思うのだが、火地の記憶力は確かに凄い。しかも、頭の中に詰まっているその膨大な量の知識を、自在に引き出すことができるのだ。確かに「人間業《わざ》」ではない。そんなことを感心していると、

「その二」

と火地は、ポキリと音を立てて折れてしまいそうな仕草で、指を一本折った。

「やはり『古事記』の神武天皇の条じゃ。

神武天皇が皇后とする少女《おとめ》を探し求めていた時、大久米命《おおくめ》が天皇に、

『ここによい少女がおります。この少女は神の御子と伝えられています。そのわけは、三島の湟咋《みぞくい》の娘に、勢夜陀多良比売《せやだたらひめ》という名の容姿の美しい少女がありました。それで三輪の大物主神が、この少女を見て気に入ったため、その少女が厠《かわや》に入った時

に、丹塗りの矢と化して厠の溝を流れ下って、その少女の陰部を突きました。その少女は驚いて、走り回りあわてふためきましたが、その矢を持って帰り、床のそばに置きました。すると矢はたちまち立派な男性に変わって、やがてその少女と結婚しました。そして生まれた子の名を、富登多多良伊須須岐比売命《ほとたたらいすすきひめ》といい、またの名を比売多多良伊須気余理比売《たらいすけより》といいます。これは陰部を表している「ほと」という言葉を嫌って、後に改めた名です。こういうわけで、この少女を神の御子と申すのです』と申し上げた。『かれ、美和《みわ》の大物主神見感《みめ》でて（中略）その美人《おとめ》のほとを突きき』というわけじゃな」

「今朝お聞きした、玉依姫《たまよりひめ》の話と同じようなエピソードですね」

陽一は頷いた。

ちなみに、その玉依姫の話とはこういうものだ。

遠い昔。

貴船神社の祭神である玉依姫が、瀬見《せみ》の小川で川遊びをしていると、川上から丹塗りの矢が流れて来た。姫はその矢を拾い上げ、家に持ち帰って床《とこ》の近くに挿《さ》し置いていたところ、たちまちに身ごもり、男子を出産した――。

「『山城《やましろ》国風土記逸文《いつぶん》　賀茂の社』の条じゃな」火地は言う。「『玉依日売、石川の瀬見の小川に川遊《かわあそび》せし時、丹塗《にぬり》の矢、川上より流れ下りき。すなはち取りて床《とこ》の辺《へ》に挿し置き、遂に孕《はら》みて男子《おのこ》を生みき』ということじゃ。今朝も言ったように、おそらく三輪山伝説がもとになっておるのじゃろう。また、三輪山と婚姻という観点から見れば、倭迹迹日百襲姫《やまとととひももそひめ》の話もある」

はい、と陽一は答える。

「大物主神の妻になった倭迹迹日百襲姫は、朝になって自分の夫の姿を見て驚いてしまう。というのも、それは小さな蛇だった。そこで蛇は怒りと恥ずかしさで三輪山に帰って行き、姫は箸で陰部を突いて亡くなってしまった。その姫を葬ったのが、箸墓古墳である、と」

「あとは、活玉依毘売《いくたまよりびめ》も」

「ええ。こちらは『三輪』という地名の起源まで言及しています。やはり、朝になると姿を消してしまう夫の素性を知ろうと、彼の着物の裾に糸を通した。そして翌朝、姫が糸をたどって行くと、お山の神の社にたどりついた。その時、姫の手にした糸巻きには、わずか三輪だけの糸が残っていたので、この地を『三輪』と名づけることにした」

「『ただ遺《のこ》れる麻《お》は三勾《みわ》のみなりき』『其地《そこ》を名づけて美和《みわ》といふなり』——。じゃが、これに関しては、また後で説明しようかの」

　さて、と火地は指を折る代わりに、煙草に火を点けてプカリと煙を吐いた。

「三つめ。『日本書紀』雄略《ゆうりやく》天皇七年の条じゃ」

「はい。少子部連蜾蠃《ちいさこべのむらじすがる》の話ですね」

　陽一は頷き、口を開く。

「雄略天皇はその年、少子部連蜾蠃に詔《みことのり》して、三輪山の神の姿を見たいと思うので、おまえは腕力が人に勝《すぐ》れているから行って捕らえてこい、といわれた。そこで蜾蠃は、やってみましょうとお答えした。そして彼は、三輪山に登って大きな蛇を捕らえて戻り、それを天皇にお見せした。すると、天皇の無礼な様子を見たその大蛇は、雷のような音を発し、目を爛々《らんらん》と輝かせた。その姿を目の当たりにした天皇は畏れ入って、目を覆って殿中に逃げ込んでしまわれた」

「『書紀』にはこうある。『或《ある》いは云《い》はく、此の山の神をば大物主神と為《い》ふといふ。或いは云はく、菟田《うだ》の墨坂《すみさか》神なりといふ』とな。ちなみに蜾蠃というのは、虫を捕らえて幼虫の食物とする似我蜂《じがばち》のことじゃ。そしてこの『蜾』だけでも似我蜂を指し、また『蠃』には、なめくじ、カタツムリ、やどかりなどの意味もある。まあ、どちらに転んでも余り賞められた名称とは言えん」

「蔑称《べっしょう》、ということですね」

「そういうことじゃな。しかし同時に三輪の神は、非常に恐れられておった。まあ、畏怖していたからこそ、表向きはわざと侮蔑《ぶべつ》するというわけじゃ。これは現代でも見られるパターンじゃな。あんたも知っていると思うが、三輪山に関しては事実こんなこともあった——。

六六七年春三月。後の天智《てんじ》天皇である中大兄皇子《なかのおおえのおうじ》が、近江大津宮《おうみおおつ》に遷都した際のことじゃ。大和と山城の境に到達し、いよいよ大和へ決別を告げるという段になって、人々の心に深い悲しみと動揺が生じた。その危うい心揺らぎを感じた皇子は、かたわらに控えていた額田王《ぬかたのおおきみ》に、鎮めの歌を詠むことを命じた。そこで彼女は、

味酒《うまさけ》　三輪の山　あをによし　奈良の山の　山の際《ま》に　い隠るまで　道の隈《くま》　い積《つも》るまでに　つばらにも　見つつ行かむを　しばしばも　見放《みさ》けむ山を　情《こころ》なく　雲の　隠さふべしや

『味酒の三輪の山が、青土も美しい奈良の山の山の際に隠れるまで、幾重にも道を折り重ねるまで、しみじみと見つづけて行こうものを、幾度も望みつつ行こう山を、心

と詠み、人心を落ち着けた。このようにして、三輪山を遥拝《ようはい》することが、当時の人々の心の支えともなったという事実がある」

「確かにその通りです」陽一は首肯する。「実際、その他にも『万葉集』に、三輪山を詠んだ歌がたくさん載っていますし」

そうじゃな、と火地は目を閉じて暗唱した。

「たとえば——。

味酒を三輪の祝《はふり》がいはふ杉
　手触れし罪か君に逢《あ》ひがたき

『味酒よ神酒——三輪の神官がまつる杉に手を触れるようなことをしたのか、その罪によって君に逢いがたいことよ』

味酒三輪の祝の山照らす
　秋の黄葉《もみじ》の散らまく惜しも

『味酒三輪の神官がまもる山を輝かせる秋の黄葉の、散るのが惜しいよ』

味酒の三諸《みもろ》の山に立つ月の
　見が欲し君が馬の音《おと》そ為《す》る

『味酒の三諸の山に立つ月のように見たいと思うあなたの、馬の足音がする』

──などなどじゃ」

「は、はい」

陽一は、驚くというより呆れた。

まあ、よくそんな歌まで全部頭の中に入っているものだ。しかも、今ここで確かめるすべはなかったが、おそらく一字一句間違っていないのだろう……。

そんな陽一の思いも知らぬ風情《ふぜい》で、火地はプカリと煙を吐いた。

「このように三輪山は、人々から非常に信仰されていた。というのも、あの山は見て分かるように、蛇がトグロを巻いたような姿じゃからの。大国主命の例を挙げるまでもなく、古代から龍蛇は人々から畏怖され、信仰の対象となっておった。吉野《よしの》裕子《ひろこ》もこう言っておる」

火地は陽一から視線を外すと、しわがれ声で暗唱した。

「『日本人の好みは蛇のトグロにその正位《せいい》を感じたらしく、たとえば出雲の古社の秋毎の祭りに、必ず姿をみせる海神の使いという海蛇も、トグロの姿に整形されて社頭に奉安されるのが例である。三輪山に限らず、日本各地の美しい円錐《えんすい》形の山には、必ずといってよいほど、蛇伝承がまつわりついている』――とな」

はい、と陽一は首肯する。

「事実、大神神社でも、やはり蛇はとても重要視されています」

「今話に出てきた久延毘古――案山子も神として、末社の久延彦神社に祀られておるが、この案山子もそうじゃ」

「案山子が、ですか？」

「足が一本で、蛇のようにひょろ長い体型。そして何よりも『蛇』の古語である『カカ』の子という意味じゃからな」

「そう……いうことだったんですか！」

「つまり、三輪山というのは『巳輪山』だったのじゃろうな。『巳』の文字は、そのまま蛇を模《かたど》ったものじゃし、その読みも『蛇《へみ》』の『み』からきているという」

「なるほど……。全て繋がります」

と陽一は納得したが、さらに火地は続けた。

「しかしここで重要なのは、今も出てきたように『三輪』を『三勾』とも書くということじゃ」

「それが……？」

これはそのまま、と火地はじろりと陽一を見た。

『身罷《みまか》る』を意味しておる」

「えっ。ということは——」

「神逐《かみやら》いされて、死んだということじゃな。事実、大神神社門前には『幽玄』と大書されておる。そして『幽玄』は、あの世への入り口という意味も持っているからな」

「いえ、大国主命が悲惨な目に遭っているのは確かですけど……三輪、三勾も？」

「ついこの間わしはあんたに、日本武尊《やまとたけるのみこと》の話をしなかったかのう」

「はい。非常に詳しく話していただきました」

「まあ、あれでも、まだ半分ほどだったが……。そしてその際に、日本武尊の最後の話もしたはずじゃ」

「ええ——」

と答えて、陽一は思い当たる。

「亡くなる直前に、三重《みえ》の村へ行かれた」

「『吾が足は三重の勾《まがり》の如くして、甚《いと》疲れたり』と日本武尊が言い、その地は三重と名づけられたと『古事記』に書かれておる。それと同じこと。神が身罷った山、それが三輪山じゃ」

ああ、と陽一は頷いた。

「そういうことだったんですね。でも、その具体的な話を知らないにしても、誰もが神体山である三輪山を、そして祭神である大物主神・大国主命を真剣に拝んでいるわけですから、それなら何も問題はないはずです」

あんたは、と火地はゆらりと陽一を見た。

「実際に大神神社に行ったことがあるのか」

「もちろん、何度もあります」

「三輪山を拝んだか」

「登拝は一度だけですけど、三輪山は何回も拝みました。あの立派な拝殿から、三ツ鳥居を通して」

ほう、と火地は、細い指に煙草を挟んだままイスに寄りかかった。

「では一つ訊くが、あんたは山を拝む時はどこを見るんじゃ」

「は？」その質問の意味に一瞬戸惑ったが、陽一は笑って答えた。「もちろん、頂上です」

「山頂を外すことはないか」

「当たり前じゃないですか。特に三輪山は、火地さんもおっしゃったように、山頂から日が昇る日神の山ですしね」

「事実、山頂にある高宮神社の祭神は『日向御子神《ひむかい》』となっておるしな」

「はい」

しかし、と火地は言う。

「神社の拝殿から拝んでいる限り、三輪山の山頂を望むことはできんよ」

「えっ」その言葉の意味が理解できなかった陽一は尋ねる。「それは、どういうことですか？」

「大神神社の拝殿は、山頂を向いて〈おら〉んからな」

「そんな――」

バカな、と笑いかけたが、陽一は火地の真剣な眼差しを受けて、その言葉を呑み込んだ。すると火地は、

「つまり、拝殿前から拝んでおる限り、三輪山の頂を遥拝することはできんということじゃ」

と言って、どこから取り出したのか一枚の地図を、陽一の目の前に放り投げた。陽一はあわててその地図に目を落とす。

すると――。

陽一は息を呑む。

「確かに本当です……。拝殿が山頂を向いていない！　これは一体どういうことなんですかっ」

だから、と火地は煙草を灰皿にぎゅうっと押しつけた。

「あんたらは、何も知らんと言ったんじゃ」

大神神社
三輪山
北
拝殿
祈禱殿
大神神社門前
二の鳥居

＊

涙川紗也は、痛む足を引きずりながら麓までの道を歩いていた。

標高が下がってきたせいで濃霧も段々と薄くなり、わずかだが見通しが利くようになってきた。

足首は相変わらずズキズキと痛んでいるが、仕方ない。

とにかく、笛子から離れなくては。そして一刻も早く勤番所へ行き、禁足地のお山を穢《けが》してしまったことを謝ろう。

それにしても――。

笛子たちは、紗也を頂上へ誘って、一体何をするつもりだったのだろう。彼女たちの目的が、ただ純粋にお山を登拝したかっただけとは思えない。先ほどの笛子の、悪意を含んだ口調が、それを端的に表していた。

かといって、彼女とは初対面で何の接点もない。

もしかすると、以前に走水神社や熱田神宮で紗也を襲った人間の仲間か。だとしても、彼らが何故そんな執拗《しつよう》に紗也を狙うのだ。

これもまた、紗也が弟橘姫《おとたちばなひめ》の血を引いているから？

分からなかった。

だが、それは無事にこの山を下りてから考えれば良い。今は、ただ歩くだけ。

そう思いながら一歩ずつ山を下っていると、突然、後方で水音が聞こえた。バシャリ、バシャリ、と一歩ずつ歩く音だ。

誰かが川を渡ったのだ。

そして自分を追って来る！

この道は本道ではないし、獣道をさらに少し外れている。だからあの水音は当然、神職や警備員たちではない。それに、彼らがこの濃霧の中を、わざわざ川に下りるなどとは考えられない。

ということは、笛子か。

いや違う。笛子の声はあれ以来、一度も聞こえてこない。おそらく彼女は、もうとっくに頂上へ到達しているか、それとも紗也を捜しながら獣道を下ったか。

となると足音の主は、笛子の仲間と思われるあの男だ。

狭井神社で見た、暗く冷たい視線を思い出して、紗也の鼓動は跳ね上がる。そこで、できる限り物音を立てないように、道なき道を下った。

やがて、細い獣道が一本通っている場所に出た。

先ほど登った道と同じなのかは分からなかったが、少しだけ歩きやすくなった。といっても、もちろん道らしい道ではない。だが、足下だけは確認できるから、それだけでもホッとする。

ほんの少し余裕の出てきた紗也は、辺りを見回した。

だいぶ薄れてきたとはいえ、まだ霧が一面を覆い隠してくれている。紗也も相手の姿を確認することは不可能だが、幸い相手も自分の姿を簡単に見つけることはできないはずだ。その証拠に、追っ手は大きい音を立てた。紗也がその近辺にいると分かっていれば、もっと静かに近寄って来ただろう。

紗也は口を閉ざして歩く。

慎重に、気を配って一歩ずつ道を下る。

そうだ。見えないといえば――。

陽一はどうしたのだろう。

京都駅で助けてくれて以来、存在を感じられない。この山にもついてきてくれなかったのか。それとも、すぐ側にいるのだが、やはり紗也を見失ってしまっているのか。呼びかければ、気がついてくれるのか。

しかし今は、声を出すどころか、草を掻き分ける音にさえ気を遣って歩いているのだから、陽一を呼ぶことなど不可能だ。こんな状況では、追っ手に自分の居場所を教えてしまうだけだ。

そう思って、紗也は息を殺しながら歩く。

だが、やはり足下が不安定だった。

パキリ……。

落ちていた木の枝を踏んでしまった。その瞬間、捻った足首に激痛が走る。

「痛っ」

思わず声を上げてしまった。

まずいと思ったが、もう遅かった。動きを止めて耳をすませば、後方から草を乱暴に掻き分ける音が聞こえてくる。

見つかった！

紗也の全身から血の気が退いた。

どうする？

いや、どうするも何も考えている暇はない。

もう、おそらく麓までそれほどの距離はないはず。そして相手は、声のした方角を目指して駆け下りてきているに違いない。

そうなれば、この一本道。紗也が誰かに助けを求められる場所までたどり着くか、それともその前に敵の手に落ちるかの、二つに一つだ。

紗也は開き直った。

もう物音を立てても構わない。

一気に獣道を駆け下りるのだ。

紗也は両手で草を掻き分け、足を引きずりながら走った。

恐怖心から、大量のアドレナリンが出ているのだろう、足首の痛みも殆ど感じなくなっていた。

紗也は走る。

後方からも、山道を走る音が聞こえてくる。「獲物」の存在を確信したのだ。こうなったら時間の勝負。とにかく早く。

しばらく行くと、擦《す》り傷だらけになって走る紗也の前方、木々の間に麓の道が見えた！　霧も殆ど消失し、紗也の周りの草も低くなっている。

もうすぐだ。もう少しで助かる。

目をこらしてみれば小さく人の姿も見えるので、きっとあそこは「久すり道」だ。

そう思うと涙が出た。しかし紗也は、それを拭う暇もなく走る。

走りながらチラリと振り返ったが、まだ追っ手の姿は見えなかった。だが、草を掻き分ける音は聞こえてくる。

もう、足が折れてもいい。

とにかく麓まで。人のいる所までたどり着くのだ。

禁足地に足を踏み入れてしまい、すみませんでした。

お山の神様、許してください。

そして私を助けてください！

紗也は泣きながら祈った。

すぐに、人の話し声まで聞こえる場所に出た。

あと、ほんの少し。

汗と涙で、顔はぐしゃぐしゃ。そして手足も洋服も、きっと傷だらけに違いない。

でも、とにかく草を掻き分けて走る。

そしてついに。

紗也は「久すり道」に転がり出るようにして到達した。かすれた目の先に、ぼんやりと人影が見える。

砂利で膝を擦りむいてしまった紗也は、そのまま道に倒れ伏す。足首がズキズキ痛んだ。もう歩けない。しかし、とにかく誰かに助けを求めなくては。まだ追っ手は、あきらめていないかも知れないのだ。

そう思って顔を上げると――。

すぐ目の前に、一人の男の姿があった。その男は、無言のまま冷たい目で紗也を見下ろしている。

先ほどの狭井神社での、不吉な視線だ。

紗也の背骨は再び凍りつく。

目の前に立っていたのは、例の陰気な男だった。

＊

田村暁は、自分を見つめる笛子の瞳を見返して、ゴクリと息を呑んだ。

いや。見返してというのは正確ではない。笛子の瞳の中に吸い込まれそうになって、という表現が正しい。

自分の心の奥底にある魂が、皮膚の表面まで迫《せ》り上がってくるような快感。もしくは、音も立てずにつま先から湖に沈み込んでしまうような恐怖感。目の前の相手を、自分の瞳の中に閉じ込めてしまう魔女の物語を、昔に読んだ記憶がある。しかし、今こうして笛子の綺麗な瞳に見つめられていると、そんな話も事実だったのではないかと思えてしまう。それほど魔性を感じさせる瞳だった。

「さあ」笛子は言う。「見せてください。石をお持ちなんでしょう」

「あ、ああ……」

しかし、暁は躊躇う。

この女は、何者なのだ。

鎌倉から来た女子高生らしいし、確かに年齢も自分と同じくらいに見える。しかし、暁の知っている地元の女の子たちとは全く違っている。容姿の美しさという点を差し引いても、彼女たちとは異質のオーラを発している。そしてまた、その妖艶さが、むしろ暁の心の中に警戒心を湧き上がらせた。

「き、きみは一体……誰？」

「私は」笛子は美麗に微笑む。「大磯笛子。由比《ゆい》ヶ浜《はま》女学院一年生です」

「そ、そういうことじゃなくて……」

「あなたは」笛子は暁の言葉を無視して言った。「三輪山——お山に登られた」

「どうして、初対面のきみが知っているんだ」

「もっと知っていますよ」笛子は花のように微笑む。

「あなたは、そのお山でお友だちと一緒に、奥津磐座《おきついわくら》の石を盗んだ。触れることも許されない、神聖な石を」

「ぼくじゃないっ」暁は叫んだ。「盗んだのは淳一だ。ぼくは止めたんだ。でも、彼は勝手にぼくに石を押しつけた。そして昇にも！」

しかし笛子は、暁の訴えが届かなかったように続ける。

「そしてその結果、お友だち二人は亡くなってしまった。本当に可哀想なこと」

「どうしてきみがそんなことまで――」

と言いかけて、暁は口をつぐんだ。

淳一の件はともかく、昇の事件はまだニュースにもなっていないはずだ。さっきの刑事も、数時間前の出来事と言っていた。

ということは！

「ま、まさか、きみ……」暁は一歩下がって、笛子と距離を取る。「もしかしてきみが、淳一や昇を……」

「私？」笛子は、キョトンとした顔をする。「何を言われているのか、見当もつきません。私は、ついさっきまでお山にいました。霧が出てきてしまって大変でした」

「お山は今日、登れないはずだぞ」

「そうですか。でも、私は行って来ました。少し苦労しましたけど」

「嘘を吐くなっ」確信と共に暁は叫ぶ。「本当は、お山になんか行っていない。きみが昇を殺したんだ！」

「つまらない妄想に浸《ひた》っていないで」笛子は嗤いながら近づいた。「そんなことより、さあ早く石を。あなたも危険な目に遭いたくなければ、ここに出して見せて」

「………」

暁は、笛子から目を逸らせずに、じりっと下がった。

そして、震えながらも考える。

この女の子が昇を殺したことは間違いない。もしかすると淳一も単なる事故ではなく、彼女に殺害された可能性もある。こんな美しい顔で、平然と二人を殺したのだ。

ということは、二人の死は、神罰ではなかったのだ。人為的なものだった。犯人は、この大磯笛子。

そして今、暁は警察に呼ばれている。

それならば——。

そこで笛子を、刑事に引き渡してしまえば良いのだ。

「わ、分かったよ」破裂しそうなほど激しい動悸《どうき》を打つ胸を押さえながら、暁は言った。「石は、確かにある。でも、昇の家なんだ。置いてきてしまった。だから、見たければ案内するよ。昇の家まで一緒に行こう」

しかし笛子は、

「残念ながら」と肩を竦めながら答える。「それは、できません。時間もないし」

「さっきは、時間があるって言ったじゃないか！」

「さっきはさっき。今は今」

笛子はさらに暁に近づいて来た。

二人の距離が極端に縮まり、暁は三度《みたび》後ろに下がろうとしたが、宝物収蔵庫の壁に背中がぶつかった。終わりだ。

すがるように周囲を見回せば、遥か前方、祈禱殿や儀式殿の辺りを、相変わらず何人もの警備員や神職たちが、慌ただしく往来していた。きっと、もし彼らが暁たちに気づいても、この忙しい時に人目を避けてデートしているくらいにしか映らないだろうか。

そんなことまで、チラリと考える。

「そ、それで」暁は額に冷や汗を浮かべて尋ねた。「この場で、ぼくを殺すの？」

ほほ、と笛子は笑った。

「どうして、私がそんなことを？」

「じゃあ、帰して」

「ええ。石さえ渡してもらえれば」

笛子の目が輝いた時、遠くで、
ケン……。

という狐らしき獣の鳴き声が聞こえた。

その声に、笛子の視線が一瞬、暁から離れる。

今だ！

暁は足下の砂利を思い切り、砂埃《すなぼこり》と共に蹴り上げた。

「あっ」

と笛子が両手を挙げて顔を庇《かば》ったと同時に、その脇をすり抜けて、暁は一目散に駆け出す。

とにかく人混みの方へ。早く神社の人に伝えなくては。

そして、宮司さんにこの石を返して、それから昇の家に行って刑事さんに全てを話す。大磯笛子のことも全部。チラリと振り返れば、なぜか笛子は暁を追いかけて来もせず、その場に立っていた。

何だ？

ひょっとしたら、今までのことは自分の妄想——思い過ごしだったのだろうか。

そんなことが、ふと頭をよぎったが、どちらにしても早く勤番所へ。石を返すのだ。もう少しで参集殿。その先が、神職たちのいる勤番所だ。

そう思って、暁が一気にゆるい坂を駆け上ろうとすると、突然、物陰から黒いサングラスをかけた小柄な男が、まるで暁の行く手を遮るように現れた。

暁は思わず足を止める。

男は、サングラスの向こうから暁をじっと見つめて、微動だにせず立っていた。黒っぽい服装で浅黒い顔。濡れているような黒髪。赤く薄い唇。

「すみません！　急いでいるので、ちょっとどいて——」

暁が言うと、男はゆっくりサングラスを外した。その目を見て、

「え……」

暁は息が止まりそうになる。

そこには、白目——強膜《きようまく》全体が黄色く、その中央には黒く大きな瞳孔がある、まる

い。

　その不気味な目に睨まれて、暁の体は固まる。小刻みな震えが止まらない。

「ちょっと、こっちに来い」

　男は、ねっとりとした声で命じた。

　もちろん暁は言うことを聞くつもりはなかったが、体が痺《しび》れてしまって逃げ出せない。仕方なく言われるまま、男について木陰に移動すると、後ろから足音が聞こえてきた。振り返ってみれば、そこには笛子が立っていた。この二人は、仲間なのか。

「磯笛らしくもねえが、今回ばかりは仕方ないか」黄色い目の男は、サングラスをかけ直しながら言った。「普通なら、さっさと殺しているところだがな」

　殺しているだって？

　暁は震えながら笛子を見た。

　彼女は「磯笛」というのか。どちらが本名かは分からなかったが、思った通り、彼女は殺人者だったのだ！

　すると、

「この状況だしね」と磯笛は言う。「鳴石も感じるでしょう」

「もちろん、分かる」鳴石と呼ばれた男が答える。「かなり、まずいな。境内中、いや三輪山まで鳴動してる」

「そんな中で、人なんか殺してみなさいよ。ましてや、血でも流されちゃたまらない。私たちが逃げる間もなく爆発するわよ」

「確かにそうだ」鳴石は、ニタリと笑って暁を見た。「運の良い奴だ。命が助かった」

え……。

三輪山が鳴動している？

そして、爆発する？

こいつらは、一体何の話をしているんだ。

暁が呆然と立ち竦んでいると、

「それで」と鳴石が尋ねた。「例の女は、どうしたんだ」

「天地《あまち》が見失った」磯笛は、苦々しげに言う。「私も一緒にいたし、濃霧も凄かったから仕方ないと言えばそうだけど。でもあんな男は、最初から当てにしていなかった。ただ、今は必死に彼女を追っているはず。見つけられなかったら、この世から消えてもらうと言っておいたから」

「それは面白いジョークだ」

鳴石は笑うと、視線を暁に移す。

「じゃあ、もう少し物陰に移動しようか。そこで、おまえが奥津磐座から持ち帰った石を出してもらおう」

有無を言わせない口調だった。言うことを聞かないと、淳一や昇のようになるぞ、というわけだ。暁はもうさっきから、小便を漏らしてしまいそうなほど震えていた。

しかし、その理由までは分からないが、こいつらに石を渡してはいけないと本能が訴えかけてくる。それと同時に、渡さなければ間違いなく殺されるぞという警告も頭の中で聞こえる。

いや。

二人が話していたように、この場で殺されることはないだろう。だが、石を渡して境内を出た瞬間に殺される……という可能性だってある。何しろ自分は、昇の殺人犯の顔をはっきり見ているばかりか、こんなに長く話までしてしまっているのだ。

どうする!

とにかく、少しでも時間を稼ごう。

そうすれば、もしかして昇の家にいる刑事たちが、痺れを切らして暁を捜しにやって来てくれるかも知れない。ほんの微か、蜘蛛《くも》の糸のように頼りない可能性だったが、今はそれにすがるしかない。

そこで暁は、歯の根をカチカチ言わせながら尋ねた。

「こ、この石を渡したら、本当に命は助けてくれるんですか。見逃してくれますか？」

ああ、と鳴石は答える。

「もちろんだ。俺だって、これ以上面倒なことに巻き込まれたくないし、そもそもおまえたちには何の興味もない。あの二人は、本当に運が悪かった。全くの偶然だ」

「そう……なんですか」

「当たり前だ」と鳴石は言う。「おまえが今、持っている石を出して、ちょっとつき合ってくれれば、もう何も用はない。ましてや、命を取るなどと」

「つ、つき合うって、どこへ？」

「狭井神社に行ったでしょう」磯笛が暁を見た。「その時、途中に大きな池があったはず。市杵嶋姫命《いちきしまひめ》が祀られている、鎮女池《しずめ》が」

「……名前は覚えていないけど、左手奥の方に、池があったような気がする」

そう、と磯笛は言う。

「あなたの持っている石を二つに割って、その池に投げ込んでもらいたいだけ。それで、あなたの仕事は終わり。もう二度と会うこともないわ」

その言葉に「くくっ」と笑う鳴石を横目で見ながら、

「石を割る……って」暁は尋ねた。「なぜそんなことを」

「その理由を知る必要はない」磯笛は答える。「あなたは、ただ言われた通りにやれば良いだけ」

「どうしてぼくがやらなくちゃいけないいんだ」自分たちでやれば良いじゃないか」

いいんだよ、と鳴石は、急に親しげに話しかける。

「深く考えるな。おまえは、今磯笛が言った通りのことをすればいいだけだ。そうすれば全て終了だ」

「でも……」

さあ、と鳴石は口角を上げて微笑む。

「石を見せろ。そして、確認したらすぐに移動しようじゃないか」

そう言って、赤く細長い舌でペロリと自分の唇を舐《な》めた。

6

三輪山を神体山として崇めているはずの大神神社の拝殿が、山頂を向いていない？

陽一は啞然《あぜん》としながらも、火地に詰め寄った。

「どこかで何か間違ってしまって、拝殿の向きがずれてしまったとかなんでしょうか。それで仕方なく――」

「あの拝殿は、寛文四年（一六六四）に建て替えられておる。しかし、向きはそのままだった。ということは、最初から意図的に頂上を外していた、と考えた方が自然じゃな」

「一体どういう意図で、神体山の頂上をわざわざ避けて拝むというんですか？」

「三輪山は、本当に神体山なのかな」

「神体山、三輪山を拝するってどこにでも書いてあります。神奈備なんだと」

「あんたは歴史の常識を知らんな」

「え？」

「どこにでも嫌というほど書いてあるものをこそ、まず一番に疑う。それが常識というものじゃ」

どこの常識か分からないが、火地は主張した。そして、

「わしが話した三輪山伝説じゃが」大きな目が、ギロリと陽一を睨んだ。「覚えとるかな」

「覚えているも何も、たった今のことじゃないですか」

「では、覚えとるくせに、そんなことを言うのか。あの三輪山伝説の中のどこかに、三輪山は神体山だ、という文章が出てきたか」

「は……」

陽一は頭の中で復誦《ふくしょう》する。

『古事記』では、海からやって来た「御魂」を三輪山に祀ったとあり、神武天皇条では、三輪山の神として大物主神が登場する。

『日本書紀』では、大国主命の幸魂・奇魂を、やはり三輪山に祀ったとあり、倭迹迹日百襲姫のエピソードでは、彼女と結婚したのは三輪山の蛇だったという。そしてこの蛇に関しては雄略天皇条で、三輪山には天皇をも恐れさせた蛇がいた、という話が出てくる――。

確かに、どこにも三輪山を神体山として崇めたという文章は見当たらない。ただ、神が住まわれている山だ、ということのみだ。

「でも！」と陽一は食い下がる。「神が住まわれているのだから、その山を神体山として崇めても不思議はないでしょう」

「では、それほど神体山として崇めておるのなら、どうして頂上を外して拝む」

結局、そういうことだ。

心から尊敬している人や物に対峙したら、当然、正面から挨拶したり拝んだりする。たとえば、横を向いて視線を逸らせて頼み事をしたとしたら誰も耳を貸さないだろうし、むしろバカにされているのかと思ってしまうに違いない。

陽一は、目の前に広げられた地図に目を落とす。しかし再確認するまでもなく、拝殿は山頂よりもやや南向きになっている。

何故？

陽一が唸っていると、火地が口を開いた。

「そもそも、三輪山が神体山だという説は、江戸時代に山崎闇斎《やまざきあんさい》が言い出したといわれとる。闇斎は、あんたも知っておるように、徳川四代将軍・家綱と五代将軍・綱吉の頃の時代の儒学神道者で、神儒一致説を唱えて垂加神道を創始した男じゃな。その流れで、三輪山は神体山となった。だから、太古から三輪山全体を神と見る思想はなかった」

「そういうわけなんですか……」

しかしそうなると、今度はまた違う疑問が浮かぶ。

「では、大神神社の拝殿は、どこを向いているんでしょうか」

「三輪山の山頂から、五百メートルほど南の地点に、標高三百二十六メートルの瘤がある。拝殿の向きはこの方角らしい——ということまでは分かっておるが、正確なところはどうじゃろうか。あるいは、大神神社の奥の院である雄神《おが》神社の方角を向いているという説もある」

「雄神神社……」

そうじゃ、と火地は続ける。

「奈良市都祁《つげ》に、雄雅山という円錐形の美しい山がある。三輪山同様に禁足地となっており、山頂の窟《いわや》には神の使い、あるいは祟《たた》り神の蛇が棲むと伝えられてきた。この雄雅山の西麓に、大神神社の奥の院・雄神神社がある。鳥居と拝所のみで社殿はなく、それこそ神体山としてお山を拝む。神社では出雲建雄《いずもたけお》を祀っておるが、この神社は別名『金銀銅鉄社《きんぎんどうてつ》』ともいわれてきた」

「金銀銅鉄……ですか」

「そうじゃ。つまりこれは、出雲建雄が水銀や鉄、全てに精通する神であったということを伝えておるわけじゃ」

「そういうことですね……」

「ただ、大神神社がこの場所を拝していたのかどうか、そこまでは今は分からん。しかし、どちらにしても、三輪山山頂を外していることだけは間違いない。賀茂社の拝所の先に、何もないのと同様にな」

「ああ……」

陽一は頷く。

今朝の話だった。実は、上賀茂神社も下鴨神社も共に、正確にいえば拝所の先には社殿がなく、参拝者は並んで建っている社殿と社殿の間の空間に向かって拝むことになるという。

そういえば、それこそ大国主命の出雲大社もそうではないか。命は西を向いて鎮座されているにもかかわらず、拝殿からは北向きに拝むのだ。つまり参拝者は、大国主命の左顔しか拝むことができないのだ——。

などと思っていると、火地は更に言う。

「これらのことを総合すれば、三輪山は蛇のトグロ山として崇拝されていただろうが、決して『神体山』として崇められていたわけではないということじゃ。つまり、実に単純な話で、三輪山にいらっしゃる神が崇敬《すうけい》されていたということになる」

つまり、と陽一は首肯した。

「出雲大社と同様に、大国主命がそれほどまでに尊ばれていたというわけですね」

「物を知らんのは仕方ない」火地は陽一を睨む。「それは、知ればすむことじゃからな。しかし、考えんのは許しがたい罪じゃな」

「ど、どういうことですか」陽一は、あわてて尋ねる。「考えていないというのは」

そんな陽一の顔を哀れむように見て、火地は言った。

「大神神社の拝殿奥にある、鳥居を知っておるか」

「も、もちろん知ってます。三ツ鳥居ですよね」

と言って、陽一はこの三ツ鳥居の説明をする。

大神神社でも「古来一社の神秘也」といわれているこの三ツ鳥居は、中央に「扉」が付いていて、御簾が下げられている。そして両脇の小さい鳥居に続いて、左右に「瑞垣《みずがき》」が設けられている。また、三ツ鳥居の左右には十六間の瑞垣が続き、動植物を彫り込んだ欄間がはめ込まれている——云々。

陽一が一通り話し終わると、

「ふん」と火地は頷き、そして尋ねた。「それで、どう思う」

「どう思うって……何がですか？　いえ、もちろんわが国でも、非常に珍しい鳥居だということは充分に承知していますけど」

「それだけの知識があるにもかかわらず」

火地は缶の蓋を開けてショートピースを取り出すと、マッチで火を点ける。

「全く考えておらんというのは、更に命取りじゃ」

「は？」

「あんたは神社に参拝する時、まずどうする」

「え。お賽銭を入れて二礼して――」

「その前じゃ」

「手水舎で手と口を清めて――」

「その前」

「鳥居をくぐって――」

と言って陽一は、ハッと火地を見た。

「つまり！　大神神社の最後の鳥居は、くぐれない、いというわけですかっ」

「そういうことじゃ」

火地はプカリと煙を吐いた。

「一の鳥居や二の鳥居はくぐれても、肝心要《かんじんかなめ》の、そこをくぐれば神前に立てるという最後の鳥居をくぐることはかなわぬのじゃ。誰もが鳥居のこちら側から、しかも扉や格子越しに拝むしかない」

「それは——」

気がつかなかった。

大神神社といえば三ツ鳥居。それは今まで、何度も目にしていた。しかし、そんなことは考えもしなかった。これでは火地に叱咤《しった》されても仕方ない……。

そんな陽一の前で、火地は煙を吐きながら更に続ける。

「だが、この三ツ鳥居にはもう一つ重要な意味がある」

「それは？」

「もちろん、中におられる神を、外に出さないという役目を担っておる。三輪山は禁足地。そして、この扉付きの三ツ鳥居が二重に封印しているというわけじゃ」

「ああ……」

禁足というのは、もちろん「立ち入り禁止」という意味ではなく「外出禁止」や

「足止め」ということだから、この鳥居はまさに一石二鳥の役目を果たしていることになる。

「あんたは」と火地は更に尋ねる。「この三ツ鳥居を持っておるもう一つの神社を知っているな」

はい、と陽一は答える。

「大神神社摂社の、檜原《ひばら》神社です。大神神社から、山の辺の道を歩いて行った所にある、こちらも由緒正しく古い神社です」

「元伊勢じゃからな」

ええ、と陽一は頷いた。

「祭神は天照大神。そして向かって左手にある豊鍬入姫《とよすきいりひめ》宮には、崇神天皇皇女の豊鍬入姫命を祀っています。檜原神社も、大神神社と同じように本殿がなく、三ツ鳥居を通して、奥の神座《かみくら》を拝む形になっています」

「崇神天皇の御代《みよ》まで」と火地が受けた。「宮中に祀られていた天照大神を皇女の豊鍬入姫命に託して、この檜原の地に遷《うつ》して祀った。そして天照大神が遷られた後も、引き続きお祀りしたために『元伊勢』として現在に伝えられとる。ちなみに『倭姫《やまとひめの》命《みこと》世記』には、

『御間城入彦五十瓊殖天皇《みまきいりひこいにえ》（崇神天皇）即位六年九月、倭の笠縫邑《かさぬいのむら》に、磯城《しき》の神籬《ひもろぎ》を立てて、天照大神また草薙剱《くさなぎのつるぎ》を遷しまつる。皇女、豊鍬入姫命をして斎《いっ》きまつらしむ』——とある。

またこの近辺は『万葉集』にも数多く詠まれ、山の辺の道の歌枕ともなり、西方に続く檜原台地は大和国を一望する景勝の地じゃな。そしてこちらの三ツ鳥居も、また見事にその空間が格子《こうし》で塞がれており、参拝者はくぐることができん」

そして、と陽一は首肯する。

「同時に、向こう側にいらっしゃる神も、外に出ることが不可能になっているというわけですね。こちらの場合は、天照大神が。いえ天照大神は、その後に遷幸《せんこう》されているわけですから、正確に言えば天照大神の痕跡というわけでしょうか」

「確かにこの神社の祭神は天照大神となっておるが、大神神社同様に、もう一つ重要な神が、格子の向こうに閉じ込められておる」

「それは……」と尋ねかけて、ハッと気づいた。

「岩だ！　磐座《いわくら》ですね」

「その通りじゃ」火地はプカリと煙を吐く。「大神神社と檜原神社、両社が封じておるのは、磐じゃ」

「天照大神と大国主命関係の二社が……」

と言う陽一の言葉を無視して、火地は続けた。

「大神神社では特に、三ツ鳥居から山頂にかけて磐座とか磐境《いわさか》と呼ぶ祭祀用岩石群がある。そして、奥津《おきつ》磐座は大物主神。中津《なかつ》磐座は大己貴命《おおなむち》。辺津《へつ》磐座は少彦名命《すくなひこな》を祀っているといわれておる。その他にも、三輪山登拝途中に無数の磐がごろごろと露出しておる。つまり、今朝の貴船の話と同様、岩石信仰じゃ」

「岩石信仰……」

「大神神社はもともと、三輪山そのものを祀っているわけではなかった。それがいつの間にか、三輪山は神体山なのだとすり替えられてしまったのじゃ。三輪山は、その土そのものに霊力があるとされた天香具山《あまのかぐやま》とは違う。三輪山の神は、あくまでも磐なんじゃ」

そして、と火地は煙を吹き上げる。

「岩・磐・石といえば、怨霊の代名詞じゃからの」

「確かに今朝も」と陽一は言いながら首を捻る。「貴船の神の一つである磐座には、怨念が籠もっていると感じましたけど……。でも、石や石神はどうなんでしょう」

納得できない陽一に向かって、

「石といえば、そのままで怨霊。これは常識じゃ」

火地は断言する。

「石神は、イワガミ、シャクジンとも称する。そして、地方によってはこのシャクジンが『社宮司』『左口司』『山護神』『社護神』『尺宮司』『三狐神』『斎宮神』などに変化しておる。それらのうちで最も代表的なのが、茨城県の『大甕《おおみか》神社』の『宿魂石《しゅくこんせき》』じゃな」

それは、と陽一は記憶をたどる。

「確か、天香香《あまのかか》背《せ》男《お》ですね」

「そうじゃ」と火地は頷く。「『日本書紀』神代下に登場する。『天《あめ》に悪《あ》しき神有り。名を天津甕星《あまつみかほし》と曰《い》ふ。亦《また》の名は天香香背男』とな。天香香背男は、高天原の神たちに対して最後まで激しい抵抗を続け、経津主《ふつぬし》神や武《たけ》甕槌《みかづち》神にも屈しなかったが、ついに建葉槌《たけはづち》神に退治されてしまう。この建葉槌神は女神だったという説もあるが、これは今は関係ないので後回しじゃ。とにかく、天神《あまつかみ》たち最大の敵であった天香香背男は、岩にされて祀られた。それが『宿魂石』。見るからに鬼気迫る大岩じゃ」

「なるほど……。そう言われれば、昔、遺体を埋めたその上に石や岩を置いて、怨恨を封じたという話も聞いたことがあります」

「もともと『石』がそうじゃ。平安貴族たちが使っておった『いし、いし』つまり『美《い》し、美し』は、団子を表しておった。今でも、方言で残っている地方もあるようじゃな」

「団子……ですか」

「手足の出ない状態じゃ。あるいは、角を取って丸め込んだという意味でな。それが『石』なんじゃ」

「そういうことですか」

と陽一は納得して火地を見る。しかし、

「でも、一点だけよろしいでしょうか」と尋ねた。「今のお話――石や岩が怨霊で、しかし三ツ鳥居はそれを封印しているというお話は非常に良く分かったんですけど、しかし大神神社に限っては当てはまらないいんじゃないかと思うんです」

「どこがじゃ」

「参道です」

「参道がどうした」

はい、と陽一は言う。

「あの神社には、ぼくも何度か行って知っているんですけど、参道が太くて一直線じゃないですか。もしも大神神社が、大きな怨霊を祀っているとしたら、いくら頑丈な三ツ鳥居で封じているといっても、万が一のために参道を曲げておくんじゃないでしょうか。あんなに広く一直線の参道では、何かあった時に怨霊が真っ直ぐ外に飛び出してしまう」

「何を言っておる。日本に神社多しといえども、大神神社の参道くらい見事に折れ曲がっとる道はそうないわい。これを見ろ」

そう言って火地はまた、一枚の地図を取り出した。陽一は、そこに目を落とす。

しかし、

「やはり、真っ直ぐです」

どう見ても参道は一直線だった。

そう思って顔を覗き込む陽一に向かって火地は、

「どうやらあんたは、本当に物を知らんらしいな」

と言って、煙草を灰皿に押しつけた。

*

彩音たちは、ＪＲ桜井線の線路を横切って小走りで歩く。

このまま二百メートルほど行った左手に、大神教本庁《おおみわきょう》がある。そこを左に折れて、本庁を通り越し、さらに右に折れて真っ直ぐ行けば、すぐに綱越神社があるはずだ。

ちなみに、この大神教という教団は、明治の神仏分離の際、大神神社に小教院が付設されていたことから、大三輪信仰そのものが消滅の危機に立たされてしまった。そのため、当時の禰宜（現在の権宮司）が信仰を存続させるために、宮司の了承のもとで分離独立して創立した、小教院なのである。

そしてここには、日本でも珍しい「三柱鳥居」があることで有名だ。三つの鳥居が、三角柱を模るような形で組み合わされている。だが、この鳥居が何を意味しているのか、諸説あるものの、真相は未だ不明のままだった。

彩音たちは、その大神教本庁を左手に見ながら進む。もうすぐ綱越神社が見えてくるはずだ。

すると突然、ぐらりと地面が揺れた。

またしても地震だ。見上げれば、空も暗雲垂れ込めている。

「急いで！」

彩音は巳雨を急かした。巳雨も、口をしっかり結んだままの青い顔で、コクリと頷くと足を速めた。

綱越神社は、それほど大きな神社ではない。規模もちょうど、大神神社内にある摂社・末社と同じ程度だ。しかし、大神神社の大きな神事が執り行われる際には、その前日などに、神主以下の奉仕員は必ずこの神社で祓いを受けるという。そして初めて、大神神社で神事を執り行うことができるのだそうだ。大神神社にとっても、必要不可欠な摂社である。

綱越神社の祭神は、瀬織津姫命《せおりつひめ》、速秋津姫命《はやあきつひめ》、気吹戸主命《いぶきどぬし》、そして速佐須良姫命《はやさすらひめ》という、祓戸大神《はらえどのおおかみ》たち。

その綱越神社の境内に、三人と一匹は飛び込む。

「ふうーっ」と佐助が大きく溜息を吐いた。「いやあ、ここはさすがに良い場所じゃ。結界も、物凄く強いしのう。安心安心」

「ニャンゴ」

「ああ、本当じゃな。一時は、どうなることかと思った。三輪山が爆発でもするんじやないかとな」

「ニャンゴ！」

「なんじゃと。それは洒落《しゃれ》にならんな……。高宮神社が」

「高宮神社がどうしたの？」

尋ねる彩音に、佐助は答えた。

「三輪山山頂の高宮神社が、壊されたらしいと神職たちが話していたそうじゃ。頂上付近が、ボロボロになっとると巫女たちが言っていたのは、そのことだったのか」

「山頂の神社が……」

考え込む彩音の前で、

「しかし、ここにおれば何とかなりそうかのう。ちと、心許《こころもと》ないが」

佐助は、唇を噛んだまま俯いている彩音を見た。

「おや？　どうしたんじゃ。何を考えておる」

「いえ……」彩音は、真剣なまなざしで答える。「三輪山の祭神のこと」

「祭神が、どうした」

「やはり、私たち何か勘違いしていたんじゃないかしら。全く反応がないなんて、おかしい……」

「まあ、そういうこともあろう」佐助は笑う。「神様だとて、機嫌の良い時も悪い時もあるだろう」

「そういうレベルじゃなかった」

「しかし、大神神社といったら大物主神、大国主命で間違いないはずじゃ」

「ねえ。大物主神と大国主命って、本当に同一神なの」

「そうじゃろう。きちんと『書紀』に書いてある」

「神代上第八段よね。『大国主神、亦の名は大物主神』――って」

「そういうことじゃや。大神神社の案内やパンフレットにも、そう載っとるぞ」

「それは『書紀』に書かれているからでしょう。決して、神社本来の伝承じゃない」

と言って、彩音は佐助に尋ねる。「佐助さんは、三輪山登拝したことある？」

「あるわけないじゃろ！」佐助は短い首を、ぶるぶると振った。「わしは、大神神社自体が苦手なんじゃ。蛇だらけで、好かんわ。何でそんなことを訊く」

「山頂の、高宮神社の祭神が誰なのか知りたい」

「そんなもの、わしが知るわけない」

「三輪山山頂に鎮座している神社なんだから、間違いなく重要な神様が祀られているはず。誰なんだろう……」

「残念じゃな。こんな状況じゃ、知るすべがない」

と佐助が言い捨てた時、

「お姉ちゃん」

と巳雨が彩音の服の裾を引っ張った。そして、

「はい」

と小冊子を差し出す。それは、大神神社のパンフレットだった。

「え」彩音は驚いて、それを受け取る。「いつの間にもらったの」

「さっき巫女さんに、くださいって言ったら、くれた」

「偉い！」

彩音は微笑んで、巳雨のお下げ髪の頭を撫でた。そして、すぐにページをめくる。

三輪山山頂の、高宮神社の祭神は――。

「日向《ひむかい》御子神……」彩音は眉根を寄せた。「珍しい名前ね。余り聞かないわ」

「そのままじゃろう」佐助は言う。「三輪山は日神を祀ると言われとるから、日に向かう御子神じゃ」

しかし彩音は、

「何か、引っかかる」切れ長の目を細めた。「日に向かう神……」

そう言って爪を噛んだ時、再び地面が揺らいだ。

「うおっ」佐助が叫ぶ。「また地震じゃっ」

だが、それもまた一回だけだった。すぐに収まる。

しかし、間隔が短くなってきていることは確かだ。

「おい」佐助は、彩音に訴える。「やはり、もっと遠くまで逃げんといかんのじゃないか。いくら祓戸大神たちの所とはいえ、三輪山から近すぎるぞ」

「ダメよ」彩音は、きっぱりとはねつける。「何かあったら、もう一度大神神社に行くのよ」

「何じゃと！　何という無謀な奴じゃ」

「紗也さんも捜さなくちゃならないし」

「勝手に捜したら良い。つき合い切れんわ。わしはこのへんで帰らせて——」

「ニャンゴ！」

「ひえっ」

頭を抱える佐助を、そして、自分の顔を心配そうに見上げる巳雨を見ながら、彩音は祈った。

〝陽一くん、お願い。急いで〟

＊

大神神社の参道が、折れ曲がっている？

「どういうことですか」

陽一は、もう一度地図に目を落として確認してから、再び火地に詰め寄る。

「確かに、一の鳥居から緩やかな曲がり道にはなっていますけど、少なくとも二の鳥居からは、ほぼ一直線の参道が拝殿まで続いています。もちろん、昭和になってから建てられた大鳥居は別ですが」

「一体、いつの時代の話をしておるんじゃ」

「えっ」

陽一は火地の顔を覗き込んだ。

「というと――？」

「もともとの大神神社の参道は、こっちじゃ。始まりはこの場所じゃわい」

火地は、ほっそりした指を地図の上に置いた。

「綱越神社……」

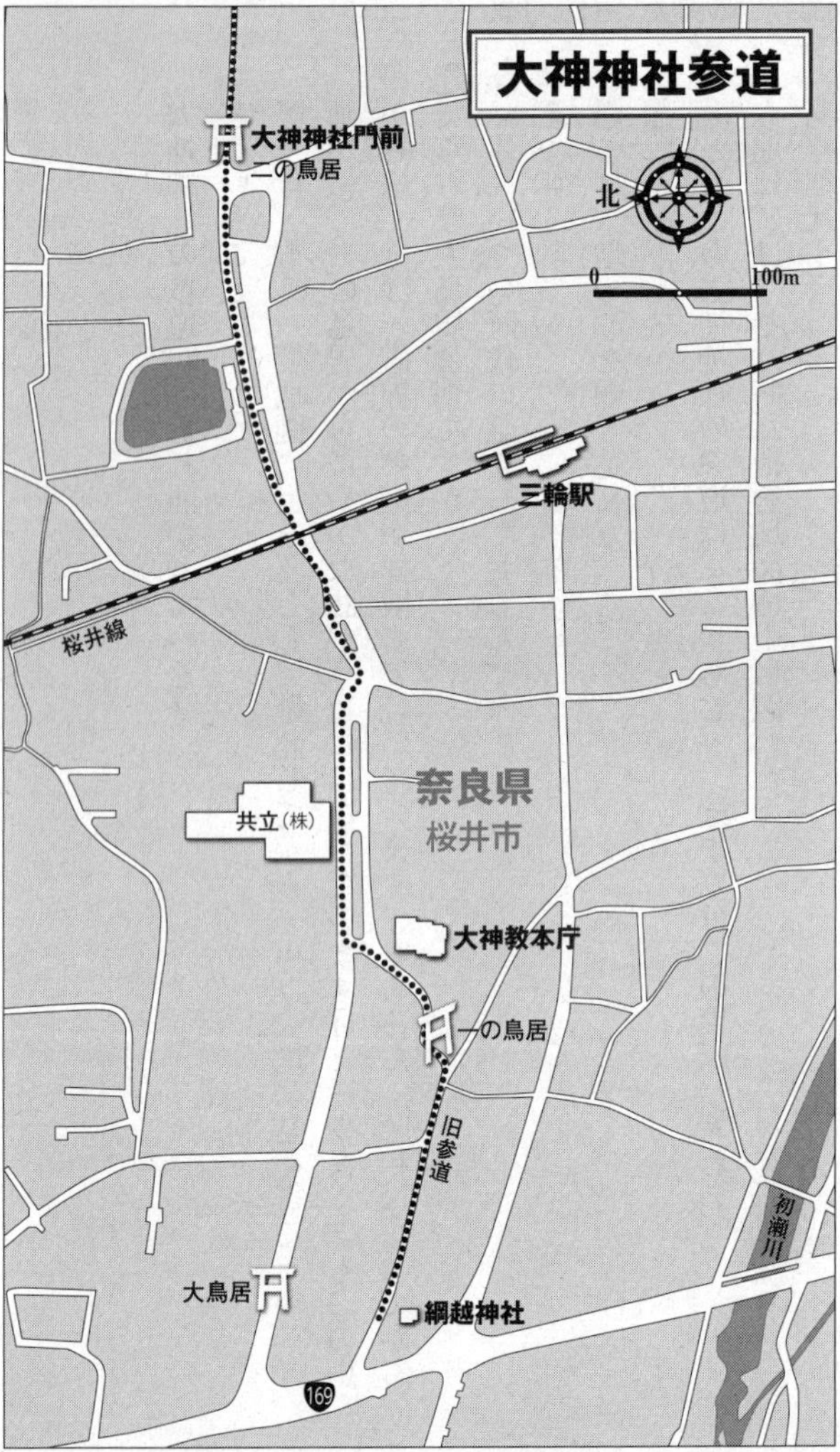
大神神社参道
大神神社門前
二の鳥居
北
0
100m
三輪駅
桜井線
奈良県
桜井市
共立（株）
大神教本庁
一の鳥居
旧参道
初瀬川
大鳥居
綱越神社
169

現在は、と火地は言う。

「二の鳥居をくぐって参道途中にある祓戸社で心身を清めてから、拝殿へと向かうわけじゃが、昔はこの神社――『御祓《おんはらい》』という言葉からきている通称『おんぱらさん』で、穢れを落としてから参拝した。そして」

火地の指が道をたどり、大神教本庁にぶつかる。

「ここで左に九十度折れ、更に今度は右に九十度折れ、このまま真っ直ぐに行くと、ようやく二の鳥居、神社門前に到達する」

「ああ……」

陽一は嘆息した。

これは確かに、絵に描いたように見事な曲がり方だ。禊《みそ》ぎ祓いを済ませた後、左に九十度、右に九十度、きちんと曲がって参道を歩いて行く――。

「しかも、ご丁寧なことに」火地は続ける。「二の鳥居を過ぎた参道途中では、大宮川に架かった御手洗《みたらい》橋を渡る。するとそこに、再び祓戸社がある」

「本当です……」

この川を渡るという行動も、怨霊を祀る神社では多く見られる。というより、必ずといってよいほどあるのではないか。最も顕著な例が、さっきも挙げた太宰府天満宮だ。ほぼ直角に参道を曲がった後、三つの橋を渡る。また熊野本宮大社なども、今でこそ地続きになっているが、昔は音無《おとなし》川の中州に建てられていた。ということは、どうしても川を渡らなければ、社殿にたどり着けないということになる。

というのもこれは、彼岸《ひがん》と此岸《しがん》という思想で、あなたと私たちは地続きではありません、という冷徹な意味があるからだ。

「もっと言えば」と火地は続けた。「あの神社では、最も恐ろしい『荒魂《あらみたま》』を、三輪山登拝の入り口、狭井神社に祀っとる。そのため、拝殿から狭井神社に行くためには、さらに参道を曲がらなくてはならん。このように、何重にも呪《しゅ》をかけてあるというわけじゃ」

「そういうわけなんですね……」

陽一は、大きく嘆息する。

間違いない。

これで当初から陽一の胸の中にあった「大神神社が果たして本当に怨霊を祀っているのか」という疑念が、綺麗に払拭《ふっしょく》された。

「大国主命は」と陽一は嘆息する。「日本を代表する大怨霊の一人ですからね。出雲大社でも、本当に彼に相対しようと思ったら、わざわざ参道を曲がって——」

バカか、と火地は陽一の言葉を遮った。

「大神神社の祭神は、大物主神じゃ。大国主命ではないわい」

「いいえ、大物主神というのは、大国主命の数ある別名の一つで、同体なんじゃないですか」

「誰が言った」

「『日本書紀』に、はっきりと書かれています」

「どこに書かれていようと、大物主神は大物主神。大国主命は大国主命じゃ。そんな基本的なことを理解しとらんから、神様も耳を貸してくれんのじゃないか。まあ、当たり前と言えば当たり前だが」

「ちょ、ちょっと待ってください。それって――」

陽一の言葉を無視して、火地は言う。

「奈良市に漢国《かんごう》神社がある。この社は祭神として、
　園神《そのかみ》、大物主命
　韓神《からかみ》、大己貴命、少彦名命
となっているのじゃ。そこで小《お》椋《ぐら》一葉《かずは》はこう言っておる。

『推古《すいこ》天皇元年、大神君白堤《おおみわのきみしらつつみ》が「園神大物主命」を勅命《ちょくめい》によって祀った社に、一世

紀以上経った養老元年（七一七）、藤原不比等《ふじわらのふひと》が「韓神大己貴命・少彦名命」を相殿として祀ったというのである。（中略）

何よりもまずはっきりとわかることは、オオモノヌシと、大己貴命すなわちオオクニヌシとは別人だということだ。

もしオオモノヌシ＝オオクニヌシであれば、百二十四年も経った奈良時代にわざわざ神殿を増築し、園神に対する韓神として、オオクニヌシを本名の大己貴命で相殿に祀る必要がどこにあるだろうか』——とな」

だが、と火地は白髪を掻き上げる。

「一つの神社の中に、全く同じ神が二ヵ所で祀られているという例は皆無ではない。だから、これのみを根拠に断定はできないにしても、大物主神と大国主命は明らかに別神であり、『書紀』は同一神として混同させようとしたというのは事実じゃ」

「では、大物主神は——」

「今朝言ったように」火地は続ける。「もちろん、貴船の神である瀬織津姫＝玉依姫の夫神じゃ。丹塗矢で、火雷神《ほらい》で、火明命《ほあかり》」

「つまり、それは——」

「それこそ、まさに天磐船《あまのいわふね》にも比定される神、天照国照彦天火明櫛玉饒速日命《あまてるくにてるひこあめのほあかりくしたまにぎはやひ》じゃな。となれば当然、系統は続いているやも知れんが、大国主命とは別の神」

「『アマテル』だ！」

陽一は頷く。その辺りの詳しい話は、今朝聞いている。天照――アマテルは、神武天皇がわが国を統一する前に、素戔嗚尊《すさのおのみこと》たちと共に、この国を治めていた神だ。素戔嗚尊の系統を引き、それこそ十種の神宝を手にしていた、物部《もののべ》氏の祖先。

「『書紀』はわざと、アマテルと大国主命を混同させたということですか！」

「それほど、彼の名前を出したくなかったんじゃろう。可能であれば歴史上から消し去りたかった。しかし、さすがにそれは不可能じゃった。何しろ、

『饒速日命、天磐船に乗りて、太虚《おおぞら》を翔行《めぐりゆ》きて、是《こ》の郷《くに》を睨《おせ》りて降《あまくだ》りたまふに及至《いた》りて、故《かれ》、因《よ》りて目《なづ》けて、「虚空《そら》見《み》つ日本《やまと》の国」と曰《い》ふ』

つまり、この国を『日本』と名づけた本人だったからの。それほどまでに、この国――日本の根幹に関わっていた神だった」

「その神を当時の朝廷は、岩――磐座にして三輪山に閉じ込めたということですね。おそらくは、彼の命も奪って」

「そういうことじゃ。山頂に封じ込め、しかも参拝者には直接拝ませない」

「それこそ、出雲大社の大国主命と似たパターンです」

「登拝もつい最近、明治以降のことじゃ。それまでは完全な禁足地――外出禁止の山であり、しかもそこに、立ち入り禁止を付加しておった」

「当然、山頂の高宮神社も拝めないというわけですね」

「あんたは、あの神社の祭神を知っておるか」

「ええと……誰でしたか」

「日向御子神じゃ。この神に関しては？」

「いいえ」陽一は首を振る。「でも、確かに日に向かっている、あるいは日を迎える神というわけですから、その点は間違いない」

「どこが」火地は吐き捨てる。「全く、逆じゃ」

「違うんですか……」

「高宮神社の社殿は、西を向いて建てられておる」

「えっ……」

「社が日に向かう、あるいは日を迎えるのであれば――」

ああっ、と陽一は声を上げた。

「当然、東に向かって建てられているはずです！　西といえば黄泉の国。あの世なんですから」

「あんたがさっき言った、出雲大社の大国主命も西向きに座っておるな——。それよりも今、天照大神ではなく、天照——アマテルが饒速日命じゃと言ったな」

「はい」

陽一は首肯する。

これに関しても驚いたが「天照大神」と「天照《アマテル》」は別の神だという。それが、いつの間にか——おそらくは恣《し》意的に、混同されてしまったと。

確かに名前が違うといえばそうなのだが、陽一は同一神だとばかり思っていた。いや、今も殆どの人々がそう思っているのではないか。

だが「天照大神」と「天照」を分けて考えることによって、驚くほどたくさんの謎が解けるのだ。現在、日本の歴史上に横たわっている不可解な謎が、まるでドミノ倒しのように次々と氷解する。

そんなことを思い返していた陽一に、火地は尋ねる。

「世阿弥《ぜあみ》の作といわれる能『三輪』を知っとるか」

「いえ……余り詳しくは。ああ、でもそういえば、聞いたことはあります。確かその能の中に、伊勢の神は三輪の神と同一だ、と謡《うた》われているとか……」

そうじゃ、と火地は言う。

「この『三輪』は、大神神社で毎年四月に執り行われる春の大祭で奉納されることでも有名な能じゃが、ここで大物主神が女装で登場する。その理由は長い間、大きな謎とされてきた。そして『三輪』の詞章には、はっきりと『おもへば伊勢と三輪の神。一體分身《いったいふんじん》の御事《おんこと》』――つまり、同じ神だと書かれておる。だから、伊勢の神である天照大神と、三輪の神である大物主神が同一とはどういうことなのだという議論がある。しかしこれも、実に単純な話じゃ」

「というと？」

「伊勢の神を、天照大神と考えるからおかしい。これがアマテルであれば、何の問題もない。三輪の神はもともとアマテル、大物主神なのじゃからな。両方とも同じ、饒速日命じゃ」

「……そういうことですね！」

「そして、女装した大物主神というのは、天照大神をイメージしたからじゃろう。もしくは、わざと女装させて神楽を舞わせたのか。どちらにしろ作者は、その辺りの事情を非常に良く知っておったということじゃ。というのも、今の詞章はこう続く。

『今更何と磐座《いわくら》や』となし

「磐座！」

「ああ、そうじゃ。これはただ単に、今さら何を言おうかとの掛詞《かけことば》にすぎないと思われとるが――」

「磐座は、饒速日命だ！」

「そういうことじゃ。世阿弥たちを甘く見てはいかんぞ。彼らは、わしらの想像を遥かに超えて賢い。あと、これはわしの個人的な印象なんじゃが、貴船にしても鞍馬にしても、素戔嗚尊や饒速日命関係の場所には、岩が多く祀られておるようじゃな。いわゆる磐座がな。あんたもどこかで磐座を見たら、注意した方が良い」

　さて、と言って火地はギロリと陽一を見た。

「そこで三輪の神――饒速日命じゃが、これで、高宮神社の祭神が理解できたろう」

「日向御子神？」

「そうじゃ」

「ええっと、それはどういうこと……」

　かあーっ、と火地は仰け反った。

「日向《ひむか》――といったら、日向《ひゅうが》に決まっておろうがっ」

　あっ、と陽一は叫ぶ。

「日向の、天岩戸《あまのいわと》！　つまり天照大神だ」

わしは、と火地は言う。

「ここでもアマテルの饒速日命が関与してくると思っておるが、今はいいとしよう。とにかく、三輪山の高宮神社も、その奥の磐座も、全てが饒速日命関連の祭祀場じゃ。彼らの陵《みささぎ》といっても良いほどにな」

「墓所、ということですか」陽一は眉根を寄せた。「でも、正確には陵というのは、天皇家の墓所のことでは――」

そんな陽一の疑問を、火地は軽く無視する。

「つまり、お山に饒速日命の霊がおるからこそ、三輪山が崇敬されておったわけで、最初から山そのものだけを崇め奉っていたわけではない。実に単純な話じゃ。しかし、ひょっとするとこれも、饒速日命の痕跡を覆い隠そうとしたのかも知れんな。三輪山が神体山だと、わざと言い換えて」

「そう……ですね」

「もう一つ、つけ加えておけば、遥か昔は三輪山の頂上に池があったという」

「池、ですか……」

「出雲では、神在月《かみあり》に参集した神々は、神目山《かんのめ》の頂上から舟に乗ってお帰りになるといわれとる。それと同様に、三輪山にも池があった。そしておそらくは、舟を浮かべた神事も行われていたに違いない。何しろ――」

「饒速日命は、天磐船に乗っていたから!」

「そういうことじゃな」

「ああ……」

陽一は大きく溜息を吐く。

どちらにしても、自分たちは悲しいくらい間違っていた。

火地の言ったように、勘違いなどでは済まされないほどに。

大物主神が大国主命であるという『書紀』の騙《かた》り。

大怨霊である大国主命と同様か、あるいはそれ以上に悲惨な目に遭わされている饒速日命。だから貴族たちは、彼の霊を非常に畏れ、かつ恐怖した。

その饒速日命が山頂に祀られているからこそ、三輪山が崇敬されてきたという歴史的事実。しかし、それなのに拝殿から山頂を拝むことはできないという現実。しかも、その拝殿には神と人との行き来を阻《はば》む三ツ鳥居が立っている。

これらは、大神神社に何重にもかけられている呪《しゅ》だ。

そこまで考えて、陽一はふと思う。

ということは。

三ツ鳥居が神を封印しているならば――。

「もしも、三ツ鳥居が倒壊したら？」

思わず呟いた言葉に火地は、

「ああ」と呑気そうに答えた。「饒速日命たちが、一気に山を駆け下りて来るじゃろうな。そして二千年近くの間鬱積しておった負のエネルギーが大爆発を起こすじゃろう。ついでに狭井神社の鳥居あたりも倒れて、大物主神の荒魂も、この世に解放されるわい」

「大変だ！」叫ぶと同時に、陽一は立ち上がっていた。「急がないとっ」

その様子を見て、

「うむ」火地も頷く。「さっきから猫が、早くしろ早くしろとうるさい。地震も起こっておるようじゃから、三ツ鳥居の倒壊も間近じゃろう」

「そんな！」

「それより、三輪山の頂上に異状があるらしいぞ。神職や職員が騒いでおるそうじゃ。まあ、もしもあんたらが饒速日命に鎮まってもらおうと思ったら、高宮神社まで足を運んで、そこで彼に直接訴えかけるしかないじゃろうな。無事に山頂までたどり着ければの話じゃが」

「行きます！　何としてでも」陽一は、火地に向かって深々と一礼する。「またしても、本当にありがとうございましたっ。何かありましたら、次もよろしくお願いします！」

「お断りじゃ」

火地は、冷め切ったコーヒーを一口飲むと、ショートピースをくわえた。

「最近は、神をも畏れぬ不逞《ふてい》の輩《やから》が増えすぎとるようじゃからの。饒速日命たちの怒りに触れて、少し減った方が良いじゃろ」

「そんなことを言わずに！」

「まあどちらにしても、もう二度と来んでいい。迷惑至極じゃ」

「それではっ」

再び一礼して立ち去ろうとした陽一に、

「ああ、そうじゃ」と火地は声をかけた。

「ついでに、最も根本的なことを教えておこうかの」

「それは？」

「祀るということの意味についてじゃ」

火地はプカリと煙を吐いた。

＊

拝殿に戻った柏田は、右往左往する神職たちの間を縫って、最奥部まで進んだ。何度も地面が揺れたので、拝殿に異状がないかどうかを確認するためだ。しかし幸い灯籠《とうろう》や供物《くもつ》も倒れておらず、特に異変はなかった。良かった。

一安心した柏田は、一礼して三ツ鳥居の前に立つ。注連縄も御簾も異状なし。

しかし――。

〝おや？〟

微かに木の軋《きし》むような音が聞こえた。やはり先ほどの揺れで、鳥居のバランスが微妙にずれてしまったのかも知れない。どこか、見えない箇所にひびでも入ったか。

柏田は鳥居に近づく。

よく見れば、鳥居ではなかったが、左右に設けられている瑞垣に数ヵ所割れ目が入っていた。やはり、先ほどの地震の影響か。修復しなくてはならない。だが、この程度であれば後回しでも大丈夫。今すぐ倒壊するかしないかというレベルではない。

それよりも今は、お山の高宮神社の方が重要事項だ。まず、あちらを何とかしなくては。

三ツ鳥居と瑞垣に関しては、霧が晴れて神社の修復が済んでからでも間に合うだろう。この際だから、少し落ち着いたら三ツ鳥居全体の細部まできちんと確認して、一つ一つ手を入れていけば良い。

そんなことを考えながら鳥居に背を向けると、若い神職が青い顔で走って来た。

「柏田さん、大変ですっ」

「どうしたね」

「じ、神社入り口の二の鳥居が」神職は、一度息を吞んだ。「たっ、倒れました！」

「まさか……」

「本当なんですっ」

「さっきの地震でかね」

「おそらくそうだとは思いますが、まだはっきりとした原因は分かっていません。今、宮司さんが向かわれました」

「参拝者に怪我人は？」

「それもまだ。警備員たちも、急いで駆けつけているはずです」

「分かった」

しかし、どうしてまた鳥居が。

あの程度の揺れで、倒れた？

とても信じられなかった柏田が、急いで駆けだそうとした時、今度は一人の巫女が、泣きそうな顔で呼び止めた。

「柏田さんっ。宮司さんは！」

「今、二の鳥居だそうだ。ぼくも急いで——」

「それよりも、大変なことがっ」

「どうした」

「登拝口の注連縄がっ」

「注連縄が？」

「突然、激しく燃え始めて、焼け落ちました！」

7

田村暁は、磯笛と鳴石と共に「久すり道」を、狭井神社に向かって嫌々ながらも足早に歩いていた。

その途中、左手に「鎮女池」が見え、朱色の鳥居が立ち、朱色の欄干の橋が中島に架かっていた。その中島には大神神社末社の、市杵嶋姫《いちきしまひめ》神社がある。

この神社の祭神である市杵嶋姫命は、田心姫《たごりひめ》命、湍津姫《たぎつひめ》命と共に、宗像《むなかた》三女神の一《ひと》柱《はしら》で、素戔嗚尊と天照大神が、天《あま》の安河原《やすかわら》で誓約《うけい》をした際に生まれた女神といわれている。

ちなみにその時、天忍穂耳尊《あまのおしほみみ》ら、五男神も誕生し、これら五男三女神は、いわゆる「八王子《はちおうじ》」として人々から非常に畏怖されてきた神々である。

その一柱である市杵嶋姫命が祀られている、小さな朱色の神社が見える場所で、

「ここらへんで良いだろう」鳴石が辺りを見回して、暁に命令した。「おい、早く石を割れ」

「で、でも」暁は泣きそうな顔で答える。「こんな小さな石、どうやって割れば……」

実際その石は、直径十センチほどだった。ただ自然石にしては、亀の甲羅のような綺麗なドーム形をしていた。

「どこかの大きな岩にでも、ぶつけるっていうこと？」

「そんなことしたら、砕けちまうだろうが」

「だって、砕くんじゃないの」

「俺は、割れって言ったんだ」

そう言うと鳴石は、ジャケットに手を突っ込んで、一本の金槌《かなづち》を取り出した。驚いてそれに目を落とした暁の胸の中に、益々疑念が湧き上がる。

「どうしてそんな物を……？」

「いちいちうるさいな、おまえは」鳴石はサングラスの下から、じろりと暁を睨みつけた。「いいから、言われた通りにしろ」

視線を移せば、笛子も冷ややかに暁を見つめている。先ほどまでの親しげな態度はどこにも見て取ることができない。やはり自分は騙されていたのだ。今までの彼女の笑顔は、全て演技だった。

しかし、そんなことよりも。

ここに移動してからずっと、暁は嫌な予感に襲われていた。

いや。襲われるというレベルではない。重い濃密な空気に、押しつぶされそうだった。それは、この二人が淳一たちの死に関与していたという確信もあるのだが、それとはまた少し違った感覚……。

やはり、この石に余計なことをしてはいけない。

そう思った暁は、少しでも時間を稼ぐ。

「あの……一つ訊きたいんだけど」

「何だよ、ここまできて」鳴石は不愉快な気持ちを隠さずに言う。「今更何だというんだ。言ってみろ」

今更——という言葉に少しひっかかったが、暁は尋ねた。

「もしかして、淳一や昇たちだけでなく、お山の事故というのも、あなたたちのせいだった……？」

「まあ、そんなところだ」鳴石は、金槌を押しつけるようにして暁に手渡した。「いいから、早くやれ。そこの平らな岩の上が良いんじゃねえか。俺たちは、少し離れた場所から見てるから」

「変なことを考えちゃダメよ」笛子が、相変わらず美しく、しかし棘《とげ》のある声で言った。「もう諦めなさい」

だから、何を諦めろというんだ。

そう尋ねたかったが、暁は金槌を受け取りながらも訊く。

「でも、どうして自分たちでやらないの？」

「やってみれば分かる」鳴石は苦笑した。「嫌というほどな。だから、早くしろ。俺たちには時間がないんだ。いつまでもうるさいことを言っていると、この池に沈めちまうぞ」

鎮女池に……。

暁の背筋《せすじ》を冷たいものが走った。

もう無理か。

しかし、さっきから押し寄せて来る不吉な空気に、暁の心臓の鼓動は早鐘を打っている。といっても、この状況では逃れようもない。いっそのこと、本当にこの池に飛び込んで逃げようかとも思ったが、池の表面の水はゆらゆらと鈍く輝いていて、こちらも不気味だった。

そこで暁は諦め、石を平らな岩の上に置くと、目をつぶって金槌を振り下ろした。

キン……という甲高い金属音が響いたが、石は割れなかった。想像以上に硬いらしい。

暁が驚いていると、

グラリ……。

またしても地面が揺れた。しかも、今回は大きい！

辺りの木々もザワザワと左右に揺れてカラスが鳴きながら飛び立ち、鎮女池にもさざ波が立った。遠くから、女性の悲鳴も聞こえてくる。さすがに鳴石や笛子も、不安げな面持ちで辺りを見回す。

すると今度は、ドン……と下から突き上げてくるような揺れを感じた。

「おおっ」

鳴石が思わずよろけて、立木につかまる。

一瞬、二人の視線が暁から逸れた。

〝今だっ〟

暁は金槌を放り出すと、石をつかんで走り出した。

やっぱり、こんなことをしてはいけないんだ。

きちんとお山にお返ししなくては！

暁は揺れる地面の砂利に、足を取られそうになりながら走る。

「こいつっ」

暁の逃走に気づいた鳴石が追いかけてくる。

しかし暁は、振り返りもせず、今来た道を必死に走った。この石を、早く宮司さんへ。そして警察に通報する！

暁は駆ける。

この状況で鳴石に捕まったら、今度は間違いなく淳一や昇のように殺される。そう思うと膝が震えて、カアッと体中が熱くなる。

でも、とにかく社務所か勤番所へ。そこまでたどり着けば助けてもらえる。そう思って、暁は走る。

しかし、想像以上に鳴石の足は速かった。とても中年男性とは思えないほどだ。足音が暁のすぐ後ろに迫ってくる。息づかいも聞こえてきた。

〝捕まるっ〟

暁は焦った。

でも、もう少し。あの角を曲がりさえすれば！

すると、曲がり角の直前で一人の男が、暁を待っていたかのように姿を現した。黒っぽい地味なシャツとパンツ。苦虫を嚙み潰したような顔つきと、暗く鋭い視線。

「誰……？」

暁は思わず立ち止まってしまった。

またしても、笛子や鳴石の仲間か！

男は、ゆらりと暁の前に立ちはだかると、いきなり手を伸ばしてきた。暁は避けようとしたが、それよりも一瞬早く、男の手は暁の肩をつかんでいた。

「あっ」

叫ぶ暁を引き寄せると、そのまま後方に投げ捨てるように放り出した。暁はよろけて、男の後ろに転がった。あわてて立ち上がって見れば、男は自分の体を楯《たて》にするかのように暁を庇って、鳴石と対峙した。

「え……」

男の背中越しに見れば、鳴石は「チッ」と舌打ちして身を翻《ひるがえ》そうとした。しかし鳴石の向こうに、今度は二人の男が立ちはだかる。

鳴石はあわてて走り出そうとしたが、男たちは一気に飛びかかり、鳴石を地面に引き倒した。鳴石は転がったまま激しく抵抗したが、さすがに一対三では勝ち目がなかった。両腕を後ろに取られて、俯せに地面に押しつけられた。

その光景を呆然と眺めていた暁の前で、男たちは鳴石に向かって叫ぶ。

「おとなしくしろっ。逮捕する」

同時に手錠を取り出すと、ガチャリと音を立てて鳴石の両手にかけた。

警察！

暁はびっくりして、男たちの顔を見た。すると、最初に暁の前に姿を現した陰気な顔つきの男が暁を振り返り、口を開く。

「奈良県警の者だ」そして苦笑いする。「但し自分、忘澤《わすれざわ》は現在停職中だがね」

「こ、この人たちも……」

「豊田警部補と、吉野巡査部長だ。そしてこのサングラスの男は、つい最近神奈川県警から脱走して、全国指名手配中の殺人犯だ」

「殺人犯！」

やはりそうだったんだ。暁は改めて震える。

するとその時、鳴石が暴れてサングラスが外れかけた。外れてしまうと、あの黄色い目が！

「危ないっ。そのサングラス――」

暁が叫んだが、忘澤はすぐに鳴石の後ろに回り、タオルで目隠しをした。そして暁に言う。

「大丈夫だ、分かってる。催眠術だな。そうやって脱走したようだし、早見淳一くんの時も見た」

「淳一の時ですか？」

目隠しをもう一度確認すると、忘澤は立ち上がった。

「きみは、この豊田たちが言っていた、早見淳一くんと伊藤昇くんの友人だね」

「はい」

「そして、この指名手配犯に襲われたのか」

「襲われたというわけではなく……その……」

「まあ、いい。その話は後で聞こう」

「でも、刑事さん」暁は忘澤に尋ねる。「淳一の時に見たっていうのは――」

ああ、と答えて忘澤は話す。

驚いたことに、鳴石が淳一を殺害した場面を目撃したというのだ。そして、捜査が余り進展していないことを知って、先ほど豊田たちと連絡を取ったのだと言う。

「事件の時、この男が早見くんを見た瞬間に、彼の体が固まったようだった。その後この男は、淳一くんの首を絞めて引きずり倒すと、服のどこかに潜《ひそ》ませていた蛇に嚙ませたんだ。ニュースで聞けば、それが毒蛇だったようだがね。しかし、私はかなり遠くからそれを目撃したので、急いで駆けつけた時には、この男は逃げ去り、その代わりに地元の男性が淳一くんを発見した」

「我々は、その話をついさっき聞いた」豊田警部補は、鳴石を取り押さえたままで言う。「忘澤は、停職中だからな。というよりおまえ」

豊田は忘澤を見る。

「また、自分一人で片づけようなんて思ったんじゃないだろうな」

ふん、と忘澤は鼻で嗤う。

「そしてその時、現場には女性が一人いた。女子高生っぽい女の子だった」

あっ。

暁は叫ぶ。

「この男の仲間です！　さっきも一緒にいました」

知ってる、と忘澤は言った。

「その女性を、この神社の近くで見つけて、ずっと後を追っていた。そうすれば、いつかきっとこの男と接触すると思ってね」

だから！　と豊田が怒る。

「一人でやるなと言っただろうが。そういう時は、すぐ俺たちに連絡しろ」

「もちろん分かってる」忘澤は答える。「しかし、そんな暇がなかったんだ。だが、今の俺には逮捕権がない。だから当然、最後はおまえたちに知らせるつもりでいた」

「まあ、いい」と豊田は鳴石を立たせる。「取りあえず、一足先にこの男を連行する」

「気をつけろよ」忘澤が念を押した。「服のどこかに、毒蛇を隠し持っているはずだから」

「忠告、ありがとうよ。とにかく、おまえも来るんだぞ」

「しかし、俺が顔を出すと嫌がる奴らがいる」

「そういう問題じゃない！　事件の目撃者だろうが」

「そうしてください」吉野巡査部長も頼んだ。「豊田さんもあれからずっと、上層部に対して一所懸命に忘澤さんのことを――」

「今、そんな話はいい」豊田は遮った。「とにかく、分かったな」

「了解した」と忘澤は微笑んだ。「まだちょっと調べたいことがあるから、後ほどこの彼と一緒に必ず行く。その前に連絡も入れるよ」

「その彼も、参考人だからな」

「もちろん承知してる。間違いなく、二人で行く。先に行っていてくれ。あと、その女子高生を捜さなくてはならないから、警官を何人かよこしてくれ」

「さっきその話を聞いた時、すぐに地元の警察に頼んだ」豊田は、吉野と二人で鳴石の腕を取った。「いいな。必ず来いよ」

そう言い残して三人が行ってしまうと、

「さて」と忘澤は暁を見た。「少し話を聞きたいが、まず例の女性だ」

「つい今まで、この道を曲がった所にいました。大磯笛子という名前だそうです」

「その女性に関しては、こちらの彼女にも話を聞いた」

と言って忘澤は、後ろを振り返った。

暁は鳴石に気を取られていて、今まで気がつかなかったが、道の隅に一人の女性がたたずんでいた。肩より少し短いストレートの茶髪。瞳の大きな、二十五、六歳の可愛らしい女性だった。

しかし、服はところどころ汚れて、顔も化粧をしておらず、まるでどこかで転んで川にでも落ちたかのような外見だった。しかも、片方の足には包帯が巻かれている。

女性は暁に軽く挨拶すると、片足を引きずりながら二人のもとへ近寄って来た。

「この彼女も、その大磯笛子という女性に誘拐されそうになり、必死に逃げ出してきたそうだ。この近くの道に倒れていたのを、私が保護した」

「涙川紗也といいます……」

その女性は、小さな声で名乗った。暁も、自己紹介する。そして尋ねた。

「誘拐というと、やっぱりあなたも石を？」

「何だね」忘澤が訊く。「石、というのは」

「はい……」と暁は答える。

さすがに一瞬ためらったが、忘澤に全てを告白することにした。

実はお山の石を盗んで、それを鳴石や笛子が知っていて、ここで割れと脅されて――云々。

暁は、話しているうちに淳一たちのことを思い出して、涙ぐんでしまった。さらに、一人で抱えていた秘密を打ち明けたせいか、肩の重荷も下りて、最後は本当に泣いてしまった。

すると忘澤は、優しく頷きながら、

「今持っているのが、その石かね」

と尋ねてきた。気がつけば暁は、石を右手で必死に握り締めたままだった。

「は、はい」

と答えて手を開こうとしたが、指が固まってしまってうまく開かない。それを一本ずつ、左手でこじあけるようにして開く。

「す、すみません」暁は少し照れる。「これです」

忘澤はその石をじっと見つめ、その隣で紗也も覗き込む。

「別に、普通の石のようですね」紗也が言った。「とても綺麗な形ではありますけど」

一方、忘澤はじっと見入っていた。そして、

「彼らは」と暁に尋ねる。「この石を奪おうとしたというのかね」

いいえ、と暁は首を振る。

「二つに割って、あの鎮女池に捨てろと」

「どういうことだ」

「分かりません」

と暁が答えた時、

「紗也さんっ」

女性の声がした。全員で振り向くとそこには、紗也と同い年くらいで、濃い亜麻色の髪をキラキラとなびかせた切れ長の目の女性と、黄色のリボンをつけたお下げ髪の小さな女の子、そして小柄で痩せこけた白髪の老人が、大あわてで、三人に向かって走って来ていた。

「彩音さん？」

紗也は目を丸くして叫ぶ。

「どうしてここに！　それにあなたは」紗也は老人を見る。「もしかして、今朝、京

都駅でぶつかりそうになった――」

「おお。そうじゃったかも知れんの」と老人は惚ける。「不思議なご縁じゃ」

「大丈夫だった？」

切れ長の目の女性は紗也に近づくと、優しく肩を抱いた。

「え、ええ。少し怪我を」

「ニャンゴ」

女性が背負っているバッグで猫が鳴き声を上げると、

「わしのせいじゃない！　いやいや、確かにわしにも責任はある。悪かった」

老人が意味不明な言葉を発した。

「この方たちは？」

尋ねる忘澤に、彼女たちは自己紹介する。

女性は、辻曲彩音。

女の子は、彼女の妹の巳雨。

老人は、知り合いの六道佐助。

キャリーバッグの中の猫は、グリ。

彩音と紗也は、神奈川の事件で知り合った。その時に、鳴石とも会った。そして大磯笛子も知っている。

紗也も、こちらの二人を紹介する。忘澤警部補——但し現在は停職中——と、大磯笛子たちに脅された田村暁。

しかし笛子は逃げてしまい、現在警官が捜索中のはずだが、もう一人の指名手配犯の鳴石は、無事に逮捕連行された。

「来る途中で会ったわい」佐助が言った。「二の鳥居が壊れて通行止めだったから、駐車場から来たのでな。そしたら、こいつが急にバッグから顔を出しおって」

とグリを見る。

「いきなり、鳴石に飛びかかったんじゃ。何か恨みでもあったんかのう。しかし、すぐにまた、目にも留まらぬ速さでバッグの中に引っ込みおった」

「警部補さん」と彩音が頭を下げた。「あとで、あの刑事さんたちに改めてお詫びを伝えてくださいませんか。グリがご迷惑をおかけしましたと」

「だが、公務に支障はなかったんでしょう」

尋ねる忘澤に「ええ」と彩音は頷いた。

「一瞬飛びついただけで。刑事さんたちも驚かれた様子でしたので、私たちも謝ったんですけど、大丈夫ですと言われました。本当に申し訳ありませんでした」

「全くおまえは」佐助はグリを見た。「何を考えておるのかのう」

「ニャンゴ」

「そういえば紗也さん」彩音が、紗也の足首の包帯を見た。「あなたは、あの女性に何をされたの？」

そこで紗也は、先ほどの経験を伝えた。それに関しても彩音は心配そうに色々と質問したが、

「本当に危なかったわ」最後は胸を撫で下ろした。「紗也さんの決断は賢明だった。彼女と行動を共にしなくて正解だったわ」

「もしも私が彼女と一緒に山頂まで行っていたら、どうなっていたんでしょう」

「そりゃあ間違いなく」佐助が断定する。「頂上で殺されとったな」

「殺されてた！」紗也は青ざめる。「どうしてまた――」

「三輪山の神への、生贄《いけにえ》じゃ」

「何故、私が生贄に！」

「あんたの血は、とても濃い。それを、お山の頂上に撒《ま》くつもりだったのだろうな」

「この間と同じね」彩音も首肯する。「あなたの犠牲で、怨霊たちを目覚めさせる」

「何の話ですか……」

尋ねる暁に、彩音は言う。

「詳しい話は後でね。それであなたは、磯笛――いえ、大磯笛子に何をされたの」

そこで暁は、先ほど忘澤にしたのと同じ話を告げた。

三輪山から持ち帰って来てしまった石を割って、鎮女池に投げ込めといわれたのだが、何故かとても嫌な予感がして――。

すると彩音は、目をすうっと細め、

「その石を、ちょっと見せて」

と手を差し出す。暁はその手のひらに石を載せた。

「これって、もしかして！」

「要石《かなめいし》じゃっ」佐助が小さな目を限界まで開いて叫んだ。「これじゃあ、鳴石たちに狙われるわい。奴らは、こういった物には異様に鼻が利くからの」

「鼻が利くって？」

「あんただってあるじゃろう。街で知らん人とすれ違っても、この男は昨日ニンニクを食べたんだなとか、煙草を一日一箱くらい吸っとるなとか、さっき蜜柑《みかん》を食ったなとか」

それよりも、と彩音は尋ねる。

「あなた、どうしてこんな重大な物を持っているの」

「い、いや、ですから、淳一に手渡されただけです」

「あなたの友人は、知っていてこれを盗んだの？」

「いえ、多分何も……。適当に取ったはずです。全く選んだりしていなかったから。ただ、確かに淳一は磐座の上に登ったから、上の方から取ったかも」

「要石って？」

尋ねる紗也に、彩音が答える。

「要石で最も有名な物は、茨城県の鹿島《かしま》神宮と、千葉県の香取《かとり》神宮にあるわ。その石の大部分は地中に埋まっていて、ほんの一部だけが地上に顔を出している石。そして、地中に棲む大鯰《おおなまず》、あるいは地龍が暴れ出さないように押さえているといわれてる。つまり、大地震が起こるのを防いでいる石なのよ」

「大地震！」

でも、と暁は訴える。

「ぼくがもらったのは、こんなに小さな石ですよ。大きな岩の一部を割ったわけでもないし」

「あなたたちは、奥津磐座に行ったんでしょう」彩音は厳しい視線を暁に向けた。

「あの場所全てが、この三輪山を押さえている要なのよ。だからこの石は、鹿島神宮などの要石と対比させたら、地上部分に付着した苔《こけ》程度の物かも知れない。でも、立派な要石であることに変わりはないわ」

「じゃあ、淳一たちの持っていたのも？」

「もちろん、あの山には自然石もある。鳴石たちが奪わなかったことを見ても、ごく普通の自然石だったんでしょう」

「だからあんたの友だちは、すぐに殺されたんじゃな」佐助が、素っ気なく呟いた。

「用はないし、顔も見られとるからの」

でも、と彩音は暁に言う。

「あなたが持っていた石は違った。要石だったから」

「そんな！　偶然にしても余りに——」

「偶然といっても、宝くじに当たる確率より何万倍も高いわ」

「それじゃ、ぼくも結局は殺された？」

「用事が済めば、殺されとったじゃろう」佐助はあっさりと同意した。「それでなくとも、要石を割ったりしてみろ。その衝撃で、体ごと吹き飛ばされるわい。それこそ、鎮女池の中にドボンじゃ」

「だから、自分たちでやらなかったんだ！」

「おそらく、頂上の岩をいくつか割っただけで、さすがの奴らも力をかなり使い果たしたんじゃろうな。しかし、本当に恐ろしいことを実行する奴らじゃ。想像を絶するわい」

佐助が首を振った時、またしても地面が揺れた。

しかも今回は気のせいでなく、三輪山の鳴動が聞こえる。

その時、彩音たちの脇を忙しそうに行き来する警備員たちの言葉が耳に入った。

「二の鳥居は、完全に倒壊してしまったようだぞ」

「何ということだ。狭井神社でもボヤ騒ぎが起こっているというのにな」

「一体、どうなっちまったんだ」

――云々。

「大変な事じゃ」

その会話を耳にして、佐助が顔色を変える。

「急いでその石を、もとあった場所に戻さんと、とんでもないことになるぞ」

「おそらく、頂上はもっと酷いことになっているんでしょうね」彩音も顔をしかめた。「きっとこの不穏な状況は、この要石一つがなくなっているだけのせいじゃない。それでも、修復した方が良いことだけは間違いない」

するど今度は、神職たちが小走りに通った。

「柏田さんの話によると、三ツ鳥居の瑞垣が壊れているということだったけど、今見たら、鳥居の柱もひび割れていたぞ」

「どうする？」

「いや、今はそれどころじゃない。お山の方が大変だから」

——云々。

「行きましょう」

彩音は意を決したように言った。

「早くこの石を戻すのよ。今から神職たちに説明して、祈禱して、持って行ってもらうなんていう時間もない。佐助さん、巳雨とグリを頼むわ。私が行って来る」

「ぼくも行きます」暁が言った。「責任があるから」

「私も行こう」忘澤も頷く。「きみたちだけじゃ、危険だ。しかし」

忘澤は顔をしかめて腕組みした。

「登拝口は閉鎖されている。それに今、狭井神社でボヤ騒ぎがあったと言っていたから、あの近辺には立ち入れないだろう」

「登り口ならば、あります！」紗也が叫んだ。「笛子さんに教えられた獣道が。頂上まで続いているって言ってました。何回も登ったって」

「その道で彼らは頂上に行って、奥津磐座を荒らしたのね」

「その登り口は、きみが倒れていた辺りだね」忘澤が苦笑した。「私から逃げようとした」

「さっきは本当に失礼しました！」紗也は、赤くなって謝罪する。「てっきり笛子さんたちの仲間だと思ってしまって。まさか刑事さんだとは」

「こんな外見だからな。しょっちゅう悪人と間違われる」忘澤は笑う。「さて、行こうか」

「私も行きます」

「紗也さんは無理でしょう」彩音が止めた。「麓で待っていて」

「でも……」

「その方が良い」忘澤も言う。「無理をする必要はありません」

「巳雨も一緒にいてあげるよ」巳雨が紗也の服の裾をつかんだ。「心配しないで」

では、と紗也が微笑み、

「よろしくお願いします」

と答えた時、彩音は陽一からのコンタクトを受けた。

そこで「ちょっとすみません」と忘澤たちに断ると、わざと携帯を取り出して耳に当て、電話を受けるフリをする。

「陽一くん！」彩音は皆から少し離れる。「あなたと火地さんの、三輪山と大物主神に関しての話は全部聞いた。私たち、とんでもない勘違いをしていた」

「そういうことみたいです」

「それでね――」

彩音は、今の暁の話をかいつまんで伝える。そして、これから三人でお山に登ることになった、と。

「ぼくも、もうすぐそちらに到着できます」陽一は答える。「細かい話は、巳雨ちゃんから聞いておきますから、先に登っていてください。ぼくなら頂上まで走り通しで、多分二十分もかからないと思いますから、すぐに追いつけるでしょう」

「あと、ここに紗也さんもいるの」

「……分かりました。では、気をつけて」

「陽一くんもね」

と答えて、彩音は携帯を閉じる。そして、皆のもとに戻った。

紗也には勤番所で待っていてもらおうと思ったのだが、巳雨や佐助と一緒にこの場所で待っていると言う。

「骨折はしていないようですし、あそこのベンチに腰を下ろしていれば平気です」紗也は笑った。「というより、心配で」

「無理だったら、すぐに社務所か勤番所に行ってね」

はい、と紗也は頷く。

「彩音さんたちも、無理をしないでくださいね」

と、紗也は心配そうに声をかけてきたが、ここはどんな無理をしてでもやり遂げなくてはならない。

彩音は決心すると、忘澤たちと共にこっそりと獣道に入った。

陽一と話している間に、忘澤が近くの自動販売機で水を買っておいてくれた。三人は各自で、それを握り締めながら山道を進む。

忘澤が先頭に立って、続いて彩音。そして最後尾は暁だ。さすがに暁は、緊張の余り顔を引きつらせていた。自分の地元で神体山と言われている三輪山。しかも、本来は立ち入り禁止の道を行くのだから、当然かも知れない。

登るにつれて、紗也の話通り段々と霧が濃くなってくる。

これは確かに異様だ。そして、彩音の頭痛も酷くなる。

忘澤の背中も、そして暁の頭も徐々に白く霞んでゆく。

陽一は、迷わずに追いついてくれるだろうか。そんな不安にかられながら、彩音は足下を確かめつつ、獣道を登って行った。


「大丈夫かのう」

佐助が心配そうに呟く。

「もしも間に合わなかったら、全員揃ってお陀仏《だぶつ》じゃ」

「ニャンゴ」

「おまえはそう言うが、これは本当の話じゃ」

「佐助さんは」紗也は驚く。「その猫ちゃんとお話ができるんですか？」

「あ」佐助は、あわてて否定した。「い、いや。適当に遊んでおるだけじゃよ。それよりも、おまえさんは平気なのか。勤番所で休んでおったらどうじゃな」

「私は大丈夫です。それよりも——」

と言って、紗也は佐助たちを見た。

「さっきの話は、本当なんでしょうか」

佐助と巳雨が、陽一から聞いた火地の話を伝えたのだ。大神神社と三輪山の話を。

うむ、と佐助は言う。

「わしも腰を抜かしそうになったが、どうやら嘘ではないらしいの」

「あのおじいちゃんは、嘘を言わないよ」巳雨も紗也を見上げた。「走水の時の弟橘姫さんの話も、あのおじいちゃん幽霊さんから聞いたんだよ」

「幽霊？」

「うん。幽霊さんなんだよ。見た目も恐いの」

「巳雨ちゃん」紗也が、真顔でたしなめる。「いくら外見がそうだったとしても、お年寄りにそんなことを言っちゃダメよ」

「本当なんだけどなあ……」

巳雨は困ったように、お下げを揺らして首を傾げた。しかし、すぐに笑顔で頷く。

「うん、分かった」

その言葉を聞いて紗也は微笑む。

そう。走水に関しては、その人の話のおかげで、長い間の自分の勘違い——呪《しゅ》が解けたのだ。その結果、これから弟橘姫を祀って生きることにした。無事に、この大神神社の件が片づいたならば。

そんなことを考えていると、遠くの方から、
ケン……、という鳴き声が聞こえたような気がした。

狐？

そんな生き物がこの場所にいるのか。

鳴き声の方を見ようとした時、

「ニャンゴ！」

「危ないっ」

グリと巳雨が同時に叫んだ。

しかし、すでに遅かった。

「痛っ！」

紗也は背後から腕をねじり上げられてしまった。無理矢理首を捻って後ろを見れば、そこには大磯笛子――磯笛の白い顔があった。

「こっちに来なさい」

磯笛は、静かに命令する。

しかし、来なさいも何も、後ろから腕の関節を取られてしまっている以上、彼女の動きに逆らえない。無理に逃げようとすれば、腕が折れてしまうだろう。それほど固

く極《き》められていた。

「止めんかつ、磯笛」

叫ぶ佐助に向かって、磯笛は鼻で嗤った。

「裏切り者の傀儡師《くぐつし》か、うるさい」

「裏切るも何も！　端《はな》からわしは、おまえたちの仲間ではないわい」

「あら、そうだったのね」磯笛は冷たく答える。「では、あの方にもそうお伝えしておくわ。覚悟していなさい」

「な……」

ひるむ佐助に向かって、紗也が叫ぶ。

「助けて！」

「ニャンゴッ」

グリも鳴いたが、佐助の足は動かない。見ればブルブル震えている。しかし佐助は、何とか手を伸ばそうとした。

「動くな」磯笛は強く命令する。「命が惜しかったらね。あと、そこの小娘と、なまいきな猫。ちょっとでも動いたら、私の可愛い朧夜《おぼろよ》の餌食《えじき》になるわよ。彼女は特に、子供と猫が大好物だから」

その言葉に応えるかのように、山の方角から、

ケン……、という甲高い声が響いてきた。

「止めて！」巳雨が叫ぶ。「巳雨はいいけど、グリは許してあげて」

「ニャンゴッ」

ふん、と磯笛は嗤った。

「美しい愛情ね。じゃあ、動くんじゃない！　動いた方が先に喰われるんだから」

そう言うと磯笛は、二人と一匹を睨みつけながら、紗也を後ろへ後ろへと引っ張って行く。そして、紗也の顔を覗き込みながら言った。

「要石はダメだったけれど、この女だけでも生贄にする」

「止めんか、磯笛！」佐助が青い顔で叫ぶ。「ここで血を流したりしたら、おまえとて命の保証はないぞっ」

「私？　私は一人でも逃げ切れる。朧夜もいいわね」

ケン……、と再び鳴き声が響く。

「あなたたちと、運の悪い参拝者、そして今お山に入っている人たちが命を落とすだけ。三ツ鳥居も半分ほど壊れかかっているようだから、封印が解ければ、大物主神たちが一気に山を駆け下りて来る。そして、三輪参道を一直線に走り抜ける」

磯笛は再び嗤う。

「どうしてまた、あの参道を一直線に造り直したりしてしまったんでしょうね。折角、昔の人たちが一所懸命に考え抜いて作ったシステムを、あっさり壊してしまうなんて。そんな人間どもが、山を降りて来た怨霊たちに襲われて命を落としたとしても、自業自得だわ」

「し、しかし参道脇には、大神教の三柱鳥居があるわい！　怨霊たちは、あの鳥居の中に吸い込まれる」

「あら、知らなかったの？　あの鳥居も、今朝からの地震で倒壊したのよ」

「三柱鳥居が？　三本の柱が、上から見て三角になるように組まれて立っとるんじゃぞ。地震くらいで倒れるものか」

「じゃあ、誰かに壊されてしまったのね。残念なことに」

「あんたら！　あの鳥居まで壊したんかっ」

「さて」と磯笛は紗也を引きずるようにして移動する。「つまらないおしゃべりは、もうおしまい。紗也さん、悪いけどここで死んでもらうわ。三輪山頂上じゃないのが残念だけど」

「助けて！」紗也は肩越しに磯笛を見て懇願する。「どうして私が殺されなくちゃならないのっ」

「仕方ないのよ」磯笛は、悲しそうな表情を作って嘆息した。「持って生まれた自分の血を恨みなさい」

磯笛は、いつの間にか片手に握っていた小刀を燦《きら》めかせる。

「こらっ」佐助は叫ぶ。「止めんか！　ちょっとわしの話を聞け」

「無駄よ」磯笛は吐き捨てる。「そうやって時間を稼いで、誰かが助けに来てくれるのを待っても。今誰もが、神社や自分のことで忙しいから、私たちの姿なんて気にも留めていない」

「でも、ダメだよ！」巳雨も叫んだ。「そんなことしたら、巳雨泣くよっ」

「勝手に泣きなさい。好きなだけ泣いて、三輪山が崩れるほど雨を降らせればいいわ」磯笛は小刀を舐めるように見つめた。「さようなら、紗也さん。いずれ時を見て、怨霊として祀ってあげるから」

「お願い、止めてっ」

「もう遅い」

そう言って磯笛が小刀を振り上げた瞬間、彼女の体がぐんと後ろに引っ張られた。

「あっ」

と声を上げる間もなく磯笛は紗也を放り投げると、後ろに飛ぶ。目を大きく見開いたまま、何かに引きずられるように、物凄い速さで移動して行く。

紗也は、投げ出されて地面に転がったまま、自分から猛スピードで離れて行く磯笛の姿を、ただ唖然と見送った。

すると磯笛の体は、鎮女池の前で、まるで誰かに投げ飛ばされたように転がった。磯笛はあわてて立ち上がろうとしたが、今自分の身に起こっている事態を把握できずに周囲を見回した時、ふらりと大きくよろけてしまった。

「きさま……」

憎々しげに叫んで、空中に向かって飛びかかろうとした瞬間、またしても地面がぐらりと揺れた。そして、磯笛の立っていた池の際《きわ》がバラリと崩れる。

「あっ」

磯笛は顔を引きつらせながらバランスを取ろうとしたが、大きな水音と共に背中から池に落ちてしまった。

「おおお」

佐助が叫んでヨロヨロと近づく。すると、

「たっ、助けて！」

今度は磯笛が、必死に水面を叩きながら悲鳴を上げる。

「この池は、女性が落ちると二度と浮かび上がれ――」

そこまでで磯笛の声は途切れ、ガブッと水を飲む音といくつかの大きな泡を残したまま、体は完全に水面下に消えてしまった。

この突然の出来事を、呆気《あっけ》にとられたまま眺めていた紗也たちの耳に、ケン……、という悲しそうな狐の鳴き声が聞こえてきた。

「おお」佐助が眉根を寄せて池を覗き込む。「鎮女池では助からんな。特にあやつは刃物を持っておった。市杵嶋姫命は、特にそういった物が嫌いじゃ。可哀想に……」

「大丈夫？」

心配そうに駆け寄ってきた巳雨の言葉に紗也は、

「うん。恐かったけど、平気」と引きつった顔で微笑んだ。「でも、一体何が――」

と言って、紗也は思い当たる。

〝もしかして、陽一くん？〟

きっとそうだ。陽一が間一髪で助けてくれたのだ。

紗也はキョロキョロと辺りを見回したが、もちろん佐助たち以外、誰の姿も見えなかった。

〝陽一くんよね。そうでしょう！〟

紗也は心の中で呼びかける。

そんな紗也の隣で陽一は、自分の唇の前に人差し指を立てて、巳雨と佐助、そしてグリに向かってウインクした。


登りの獣道は、彩音の想像以上に厳しかった。

本来の登拝道でさえ、岩だらけだったり、ぬかるんでいたりと、かなりきつい道だと聞く。しかし、この獣道はさらに、草や木の枝を手で払いながら進まなくてはならないのだ。しかも今は、辺り一面を白い濃霧が覆っている。

紗也から聞いてはいたが、これほどまでに視界が利かないとは思わなかった。もうすぐ、忘澤の背中も暁の頭も見えなくなりそうだった。たまに忘澤が「ここは危ないですよ。気をつけて」と優しく言ってくれることだけが救いだった。

要石を戻し、奥津磐座をできるかぎり復元する。その強い目的と意志がなかったら、もうとっくに下山しているだろう。生半可な気持ちでは、とてもこの白い恐怖とは戦えない。

とは言うものの、果たして奥津磐座がどうなっているのか、そしてそれをどう復元させるのか、それも全く見当がつかない。色々と頭の中でシミュレーションしながら歩いているものの、頂上までたどり着いた時、もしもそこも同じような濃霧の中だったら、殆ど何も見えない状況で何ができるのだろうか。

彩音の胸は、次々に押し寄せる不安で締めつけられるようだったが、とにかく今は歩くしかない。

また、こうして視界がほぼ利かなくなってしまうと、眼以外の感覚が強く働き出す。きっと、第六感までもが鋭敏になっているのだろう。麓にいた時よりも、三輪山の鳴動が手に取るように全身ではっきり感じられる。それとも実際に、かなり強くなってきているのか……。

そんな時、

「もう少しで追いつきます」

陽一の声が聞こえた。彩音は思わず、

「今どこなの！」

声を上げてしまった。すると、前を歩いている忘澤から、

「おそらく、もう少しでしょう。頑張って」

という返事があった。うまく勘違いしてくれたらしい。

「すみません、いきなり声を上げてしまって」彩音はわざと謝る。「不安で不安で、つい独り言を」

いや、と忘澤は言う。

「こんな状況では、恐かったら声を出した方が良いんです。無理に強がって我慢する必要は、全くありません。田村くんも大丈夫かね」

「はいっ」

彩音の後方から、息を切らせながら歩く暁の声が聞こえた。そこで彩音も言う。

「私、たまに独り言を口にしてしまうかも知れませんけど、気にしないでください」

すると忘澤が、

「かえってその方が、安否が分かって良いですよ」

と笑ってくれた。これで、安心して陽一と話ができる。今のように、会話がつい口を突いて出てしまっても誤魔化せる。

「陽一くん」彩音は心の中で呼びかけた。「今どこらへんか、自分で分かる？」

「岩だらけで、ゴツゴツしている場所を駆け上がっています」

そこはおそらく、ついさっき彩音たちが通った場所に違いない。もうすぐ追いついてくれるだろう。

「しかし、本当に霧が酷いですね」陽一は言う。「しかも、密度が高くて重い。これは普通の霧じゃないです」

「大物主神――饒速日命たちが動き出しているのね。急がないと」

「ぼくも麓で少し手間取ってしまって」

「どうしたの？」

尋ねる彩音に陽一は、ついさっきの出来事を伝えた。紗也が磯笛に襲われ、それを助けたのだが、地震が起こって磯笛は鎮女池に――。

聞き終わると、

「それは大変だった！」彩音は驚く。「でも、鎮女池に落ちてしまったんでは、きっと磯笛も助からないわね」

はい、と陽一も同意する。

「可哀想な気もしますけど……」

「確かにそうだけど」彩音は顔をしかめた。

「でも、地震を引き起こすようなことを仕掛けたのは、磯笛たち。彼女の言ったように、自業自得ということね」

などと話していると、彩音のすぐ横に陽一の姿があった。

「良かったわ」彩音は心からホッとして笑う。「来てくれて、ありがとう」

「いえ、ぼくの方こそすみませんでした、遅くなってしまって」陽一も微笑む。「では、このまま一足先に頂上へ行きます。とにかく、高宮神社が心配ですから」

うん、と彩音は頷く。

「この霧だから大丈夫だとは思うけど、ひょっとしたら磯笛たちの仲間がまだいるかも知れないから、気をつけてね。あいつらは、陽一くんの姿が見えるから」

「注意します。うまく隠れながら行きます」

「あと、奈良県警の刑事さんが私の前を歩いているから、ぶつからないように。どちらにしても、姿は見えないと思うけど」

「了解しました」

そう言うと陽一は微笑んで、獣道を駆け上がって行った。

頂上の少し手前で本来の登拝道と合流し、やがて陽一は山頂に到着する。そして濃霧の中で目をこらしてみれば、

「これは……」

唖然とした。

高宮神社が、徹底的に破壊されているではないか。明神鳥居も瑞垣も倒され、屋根の男千木は引き抜かれ、注連縄は地上に放り出されている。自分の社をここまで壊されて、怒らない神はどこにもいないだろう。

どこまで修復できるかは分からないが、とにかく少しでも元に戻さなくてはならない。しかも、一刻も早く。

まず陽一は、鳥居に取りかかる。さすがにヌリカベの彼でも、一人ではきつい仕事だったが、苦労の末に、少し傾いてはいるものの、何とか立て直す。鳥居が燃やされていないだけ、まだ良かったかも知れない。

磯笛たちも、さすがにここで火事を起こすことは避けたようだ。これだけ「気」が乱れていれば、炎が予想外の方角に揺らぐことは容易に想像できる。万が一、周囲の木々に火が燃え移ったりしたら、自分たちも巻き込まれて、無事に下山できなくなると考えたのだろう。

次に陽一は、倒されている瑞垣を一つずつ元に戻すことにした。記憶をたどれば、確か社を八角形に囲っていたはずだ。八角形は宇宙。その中心に社を安置したということなのか。

そんなことを思いながら、一つ一つ起こしては、丁寧に社を取り囲んでいった。

「おう、ようやく少し晴れてきたな」忘澤が、辺りを見回しながら彩音たちに向かって言った。「おそらく、あの辺りが『こもれび坂』のはずだ。頂上まで、もう少しだぞ。頑張れ」

確かに先ほどまでの、ミルクの中を歩いているような風景が、少しずつ変化し始めている。まだまだ霧は重く残っているものの、うっすらと二人の姿や、周囲の風景が確認できる。

〝陽一くんね〟彩音は確信した。〝きっと、高宮神社を修復してくれているんだ〟

だが、まだ三輪山の鳴動は収まらないし、彩音の頭痛も相変わらずだった。やはり、奥津磐座を何とかしなくてはならないらしい。それでも、この調子で視界が良好になってくれれば、何かしら方法は見つかるはず。

そう思いながら、彩音たちは最後の難所の「こもれび坂」を登り切る。すると、薄い靄がかかった風景の向こうに、高宮神社が見え、その裏手に陽一の姿があった。

「何とかここまで修復しました」陽一は言う。「本当に酷い状態だったのでまだ三分の一ほどですが、残りも一人でできそうなので、彩音さんたちは奥津磐座をお願いします」

「分かったわ」

彩音は応えると、

「さあ、磐座へ急ぎましょう！」

と忘澤と暁に声をかけた。そして三人は、足早に奥津磐座へと向かった。

到着してみると、そこは大きな岩から小さな石まで、乱雑に転がっていた。しかし、もともとの配置が分からない以上、何をどうして良いのかも想像がつかない。

「何か変わっているところは？」

尋ねる彩音に、

「分かりません」暁は情けなさそうに首を振り「ちょっと、散らばっているような感じしか……」

と答えた時、またしても山が揺れた。辺りの木々も、左右にザワザワと揺れる。

「とにかく、注連縄を！」

彩音は言って、岩の上に転がされていた注連縄を取り上げた。そして、忘澤と暁と共に、必死に張り直す。きっと、これだけでも違うはず。

「御魂鎮めの祝詞を上げるから、その間にあなたは、要石を元の場所に戻してっ」

「元の場所って……」暁は戸惑う。「覚えていません」

「頑張って、思い出して！」

「は、はい……」

石を片手にウロウロとしている暁の横で、彩音は柏手を打った。

「高天《たかま》の原に神留《かんづま》り坐《ま》す皇親神漏岐《すめむつかむろき》・神漏美《かむろみ》の命《みこと》を以ちて、皇孫《すめみま》の命は豊葦原《とよあしはら》の水穂《みずほ》の国を安国《やすくに》と定め奉《たてまつ》りて、下《しも》つ磐根《いわね》に宮柱太敷《みやばしらふとし》き立て、高天の原に千木高知《ちぎたかし》りて、天の御蔭《みかげ》・日の御蔭と称《たた》え辞竟《ごとお》え奉りて、奉る御衣《みそ》は上下《かみしも》備え奉りて、うずの幣帛《みてぐら》は明妙《あかるたえ》・照《てる》妙・和《にぎ》妙・荒《あら》妙、五色《いついろ》の物、御酒《みわ》は瓺《みか》の辺《へ》高知り——」

しかし暁は、あっちへ行ったりこっちへ戻って来たりで、まだ決めかねていた。その姿を見て、忘澤は命令する。

「急げ！」

その声に、暁はビクンと立ち止まり、

「確か……この辺り」

と自信なさげに石を置いた。すると、バチン、と電線がショートしたような大きな音が響いて、暁の体は大きく後ろへと弾き飛ばされた。

「うわあっ」

暁は地面に転がる。その先は崖だ。

「危ない！」

転がり落ちる寸前で、忘澤が暁の腕をつかんだ。

同時に、山が鳴動する。しかも今度は、風が吹いてきた。最初は静かに、それが段々と突風に変化する。おかげで霧は吹き飛ばされて行くが、今度は強風で目も開けられない上に、その場に立っているのもやっとだった。

状況は悪化した。

「凄いパワーだわっ」

「何なんだ、この風は！」

「風じゃない。このお山の『気』が、地中から溢《あふ》れ出してるの。急がないと大変なことになる」

「石を置けないんです！」暁が泣き声を上げた。「確かに、あの辺りだったのに」

「おそらく、磯笛たちが岩の配置を変えてしまったのね」

彩音は、轟々と鳴り響く風の中で叫んだ。

「全ての岩を二つに割るのは、さすがの彼らでも不可能だった。そこで、岩の配置を滅茶苦茶にした」

「どうすれば良いんだ！」忘澤も、自分の腕で顔を覆いながら大声を上げて尋ねる。

「さすがに、元の配置までは知らんぞっ」

暁もうずくまりながら、うんうんと頷く。

「陽一くん」彩音は訊く。「そっちはどう？」

「物凄い『気』が渦巻いています。台風のようだ」

「社の修復は」

「取りあえず、できるところまでは。今、正面の扉をしっかり閉め直して、日向御子神の札を掛けましたっ」

「日向……」彩音は忘澤を見た。「そうよ、ここは日向の場所」

「何か、分かったのかっ」

「この山は、日向の山。だから奥津磐座も、全ての岩に日が当たるようになっていたんじゃない？」

「どういうことだ」

「三輪山の形よ。円錐形。蛇がとぐろを巻いた形！」

しかし、

「いや、違うな」忘澤は首を振る。「そんな綺麗な形に置かれてはいなかったように思う」

「忘澤さんの言うように」暁も叫んだ。「もっと、バラバラでしたっ」

「じゃあ、どんな形だったの」

「分かりませんっ。覚えていません」

「陽一くん！」

「はいっ」

「あと、火地さんは何か言ってなかった？　この三輪山の山頂に関して」

「特には――」

と応えて、陽一は思い出した。

そうだ、確かに言っていたではないか。

〝遥か昔は三輪山の頂上に池があったという〟

〝出雲では、神在月《かみあり》に参集した神々は、神目山《かんのめ》の頂上から舟に乗ってお帰りになるといわれとる。それと同様に、三輪山にも池があった。そしておそらくは、舟を浮かべた神事も行われていたに違いない。何しろ――〟

「天磐船です！」

「天磐船って――」

「そうです。貴船神社にもあった」

と言って陽一は、火地から聞いた話を伝える。そしてまさに、饒速日命は、常に天磐船と縁が深い——。

「だからおそらく、神を運ぶ舟の形をしていたんではないでしょうか」

「そうだわ！」彩音も同意した。「でも、形が分からない」

「思い出してください。貴船神社の磐船を。きっと、それらに近いのではないでしょうか。山頂は今ほどではないにしても、常に風雨にさらされています。台風が来れば、石だって転がるでしょう。だから、ここの岩石の位置がずれてしまうことだってある」

「細かい部分は、気にしなくて良いということね」

「そうです。磐座全体で、舟の形を表すことができれば」

「分かったわ」

彩音は固く目を閉じた。

貴船、結社《ゆいのやしろ》の「天の磐船」と、奥宮《おくのみや》の「船形石」の形を。

そして、玉依姫と会った時の風景を——。

「やってみる」

彩音は風に向かって立ち上がった。そして、乱雑だった磐座を整えはじめる。忘澤にも来てもらってよかった。彩音と暁の二人だけでは、大事《おおごと》だったろう。

やがて磐座は、どうにかこうにか舟らしき形を取った。そして今、この場所で要石を新たに四つ見つけた。大きい石が一つ、そして暁の持っている物と同じくらいの大きさの石が三つ。

あと、要石らしき物の破片がいくつか散らばっていた。これはおそらく、磯笛たちの所業だろう。しかし、さすがに全ての要石を割ることができず、結界を解くだけに留まったのだ。

彼らがいくつ要石を破壊したのかは分からなかったが、とにかく今手元にある石で、何とか再び結界を築き上げなくてはならない。

では、どの位置にこれらの石を置くべきか。

「五」で怨霊封じといえば、やはり「☆」——五《ご》芒星《ぼうせい》、晴明桔梗印だろう。そして幸いなことに、最低数の五個は確保している。おそらく大きい石を先頭にして、置いて行けば良いはず。

彩音は、舟の舳先を出発点にして順番に石を置いた。

しかし最後の五個目を暁が置いた時、グラリと磐座全体が揺れ、まるで彩音たちの行為をあざ笑うかのように、五個の石が全て地面に振り落とされてしまった。これでは、封印にも何もなっていない。

「どうしたんだ！」

暁が叫ぶ。その様子を見て彩音は首を振った。

「違うんだわ。要石を置く場所を間違えたのよ」

「場所と言っても……」忘澤も顔をしかめた。「じゃあ、どこに置けば良い？」

「破片の様子から見ても、要石が他に何十個もあったとは考えられないから、形は『☆』で間違いないと思います。ということは……」

「星の向きか」

「おそらく」

彩音は頷き、今度は星の先端を真東に向けるようにして五芒星を作る。

〝日向……太陽を迎えるんだから、これで良いはず〟

しかし、最後の石を置いても、全く状況に変化は見られなかった。地震こそなかったものの、一旦揺れたら、前回同様に全て振り落とされてしまうように感じられた。

そこで彩音は、今度は向きを西へ、北へ、南へと変えてみたが、全く状況は変わらないし、強風も一向に収まる気配もない。

「まだ何かが違ってる……」

彩音は、目を細めて唇を噛んだ。その後ろから、

「どうする！」

さすがに焦り始めた忘澤が訊く。

しかし彩音は、顔をしかめながら首を横に振るばかりだった。


一方陽一は、社の修復に取りかかる。

全てきちんと直す道具も時間もなかったが、最低限のことだけでもやらなくてはならない。しかし、激しい突風のため、折角立て直した鳥居が、またグラグラと揺れ、再びしっかりと足元を固めなくてはならなかったり、折角立て直した瑞垣も、バタバタと倒れてしまったりした。

そしてまた、強烈な突風――気が、陽一と社を襲った。

〝ああっ〟

張ったばかりの注連縄の端がちぎれ、空を行く龍のように、宙に浮かび上がった。

飛ばされてしまう！

陽一は必死に走って飛び上がり、注連縄の一端をつかむと、そのまま転がった。危ないところだった。注連縄がなくなってしまっては、いくら鳥居があったとしても神

に鎮座してもらえない。

だが、そんな陽一ごと吹き飛ばすかのような激しい風が、波のように襲う。

〝饒速日命様!〟

陽一は注連縄を抱きかかえながら、心の中で叫んだ。

〝今まで何も知らず、失礼致しましたっ。しかし今日、ようやく知りました。この三輪山の真実を〟

そして陽一は、大物主神が三輪山に祀られているといわれながら、参拝者が直接拝むことのできないシステムを、そして『記紀』によって名前を消されかけたこの山の主、饒速日命の話を学んだことを訴えかける。

「まさにあなたは、祭り上げられたのです!」

陽一は叫ぶ。

「祭り上げる——祀り上げるというのは、山の上に持ち上げて拝むことです。これは一見、神を尊敬しているようにも見えますが、事実は違う。山の上にいて、決して下界に降りてくるなということでした。実際に『常陸国風土記』にもあります。

『此より以上は神《かみ》の地《ところ》と為《な》すことを聴《ゆる》さむ。此より以下《しも》は人の田と作《な》すべし。今より以後《のち》、吾《われ》、神の祝《はふり》と為《な》りて、永代《とこしえ》に敬《うやま》ひ祭らむ。冀《ねが》はくは、祟ることなく、恨むることなかれ』

と言って、社を作って祀った——と。そして同様に、この三輪山でもあなたたちを『祀り上げ』た。その証拠が『禁足地』という名称です」

ゴオッ、という辺りの木々を根こそぎ倒してしまいそうな突風が、またしても陽一に襲いかかった。たまらず陽一は吹き飛ばされて転がり、注連縄を胸に抱いたまま、もう一方の手で必死に一本の杉の木の根元にしがみつきながら、呼びかける。

「あなたやあなたのお仲間の神たちは、『禁足地』という牢の中に閉じ込められ、祀り上げられた！　そして、あなたたちを崇敬する人々とは、顔を合わせられないようにされてしまった。あなたの子孫ともいわれる、大国主命も全く同じです。そしてこの、祀り上げるという言葉には『担ぐ』という意味もありますから、きっと騙された り罠にかけられたりしたのかも知れませんっ」

グラリ、と地面が揺れ、近くの崖からはバラバラと石や砂の落下する音が聞こえた。このままでは、本当に三輪山が崩れる。そして、今まで押さえられてきた饒速日命たちの怨霊が、解き放たれてしまう！

陽一は最後に火地から聞いた話を、必死に訴える。

「そもそもこの、祀るという文字がそうでした！　『示《しめすへん》』に『巳』と書いて『祀』

になる。しかしこの『示』は、もともと生贄を台の上に載せて、血が滴り落ちている様子を表すものだともいわれています。それが『示』です。その生贄の台の隣に『巳』つまり『蛇』です。つまり、素戔嗚尊であり、饒速日命であり、大国主命。あなた方だったのです。あなた方が犠牲になったということを表していたんです！」

　ゴオッ、と先ほど以上の大きな音がした。それと同時に、

〝それで……どうする……〟

　という声が聞こえたような気がした。

　いや、それは陽一の聞き違い、単なる耳鳴りだったのかも知れない。

　しかしその声は——ここは山の上だというのに——地の底から沸き上がってくるような、体を震わせる声だった。

「改めて、きちんと祀らせていただきます。祀り上げるのではなく、自分たちと同じ世界に！　そして『古事記』や『日本書紀』が覆い隠してしまっている事実を、学び直します」

　それが供養だ、と心から思う。

「ですから！」

　と陽一は頭を地面にこすりつける。

三輪山の土が、陽一の額と密着した。

「お鎮まりくださいっ。我々の真の祖先であらせられます天照《あまてる》――饒速日命様。どうかお願い致します！」


〝どうしよう……〟

強風に煽られながら、彩音は焦る。

今ある要石は五つ。しかし、五芒星での封印は不可能だった。

数が足りないのだろうか。

いや、磯笛たちが割ったと思われる破片を見ても、せいぜい要石一つか二つ分だ。

となると「☆」の形が違うのか。

では何だ。どういう形を以て、磐座を封じていたのだ。

「わあっ」

暁が突風で後ろに飛ばされた。風はまだまだ収まりそうもない。

しかし、陽一が必死に語りかけている声は聞こえる。何とか、饒速日命に聞き入れてもらえさえすれば――。

そこで、ふと思う。

〝饒速日命……日の本……日向〟

もしかして――。

「そうだわ」彩音は二人に向かって叫ぶ。「日よ！」

「日だって？」忘澤が両腕で風を避けながら尋ねる。「どういうことだっ」

「太陽神、饒速日命の『日』の形で磐座を封じるのよっ」

「しかし、それでは石の数が足りないぞ！」

「取りあえず四隅を押さえて、真ん中に大きな石を置く」

「そんなことじゃ、とても『日』にならん」

大丈夫、と彩音は微笑んだ。

「昔の文字だから」

「えっ」

「『日』は『⊡』と書かれていたのよ！」

「何だって？」

問いかける忘澤を待っていられず、風に抗うように彩音は要石を置き始める。

おそらくそれぞれの四隅を結ぶ中間にも要石があったのかも知れない。しかし、今は応急措置で仕方ない。まずは「⊡」の形にしなくては！

そう思いながら彩音が、四角に置いた要石の中央に、最後の大きな石を置いた時、風は徐々に収まり、地鳴りも少しずつ消えて行った。同時に、ずっと彩音を悩ませていた激しい頭痛も波が退くように消滅して行く。

饒速日命が、祈りを聞き入れてくれたのだろうか。

彼は、もともとの日本を造り上げた神。我々の祖先神なのだ。決して冷血な鬼神ではない。

彩音は、ホッと溜息を吐いた。

〝私たち、助かったんだわ……〟

大神神社が、奈良が、京都が助かった。

彩音は空を見上げる。

すると、いつの間にかすっかり霧も晴れ、吸い込まれそうな青空には、午後の白い太陽が輝いていた。

陽一は一足先に山を下り、その後ろから彩音たちも続いた。

獣道は険しいだけあって、本道より少し近道になるらしい。片道一時間もかからない。しかし、霧が晴れて改めて周りを見回すと、磯笛たちはよくこんな道を見つけたものだと感心してしまう。まさに、獣にしか分からない道だ。

途中に、紗也が落ちたという川も発見して、彩音たちが麓に戻ると、そこには巳雨らが待っていた。結局紗也も、心配でそこを動けず、巳雨と一緒に近くのベンチにずっと腰を下ろしていたのだという。だが、これでようやく、捻挫の手当もきちんとできる。

忘澤は、事件の参考人として紗也と暁を連れて、これから奈良県警に「出頭」すると笑いながら豊田に電話した。

彩音たちは、紗也たち三人と別れて、早々に京都へ戻ることにした。まだウロウロしていて、勝手に三輪山に登ったことが知れると、また面倒なことになるからだ。

「じゃあ、まず車を取りに行かないと。きっと、駐車違反で移動させられていると思うけれど」彩音は笑った。「でもこれで、普通に動くはず」

「巳雨も、お腹痛いの治った」

「そうね。良かった」

キャリーバッグを背負い直す彩音の横で、

「おまえも元気でな」佐助が中を覗き込む。「またいつか、あの世に行った時にでも会うとしよう」

するとグリが、

「ニャンゴ！」

と鳴いた。その声に巳雨が「あっ」と驚いて振り返る。つられて全員が振り向くと、もう遥か向こう、一人の黒い影のような男が、紗也を狙っていた。

「ヌリカベだ！」陽一が叫んだ。「どうしてこんな場所にっ」

「磯笛たちの仲間なんじゃない！」彩音が顔色を変えた。「でも、紗也さんたちは気がついていない。あの人たちには、見えないのよっ」

「大変じゃ！　もう手が届くぞ」

「陽一くんっ、急いで」

「はいっ」

陽一は全速力で走り出し、その後ろを彩音たちが紗也の名前を呼びながら駆ける。

しかし、紗也たちはその呼びかけに全く気づくことなく歩いて行く。

陽一は焦ったが、いかんせん距離がある。その黒っぽいヌリカベはそっと紗也の背後に回っているが、陽一と紗也との距離はまだゆうに五十メートルはある。

「間に合わない！」

黒いヌリカベは、紗也に飛びかかろうとした。

その時、

「えっ」

彩音たちは驚いて立ち止まってしまった。

忘澤が、そのヌリカベを殴り倒したのだ。そして、馬乗りになって体を押さえ込む。同時に、片手で上着の内ポケットから紐のような物を取り出すと、男の体をぐるぐる巻きに縛った。

忘澤には、ヌリカベが見えているのだ！

そのすぐ脇では、紗也と暁がその仕草を呆然と眺めている。一人で急に何をやっているのかと思っているに違いない。

彩音たちは、バタバタと彼らのもとに駆け寄った。

「ど、どうしたんですか？」紗也は、目を大きく開いて全員の顔を見つめた。「一体、何が起こったの」

「変な悪霊のようなモノがね」忘澤が立ち上がりながら言った。「きみの後ろにいたから、縛っておいた」

「え……」

男の体に密着した紐も、もう見えなくなっているはずだ。紗也と暁は、ただ辺りをキョロキョロと見回すだけだった。

「おまえは誰だ」

その場にたどり着いた陽一が尋ねると、

「まさかあいつに、俺の姿が見えるとは思わなかった」と、暗く陰気なザンバラ髪の男は自嘲した。「誰でもいい。しかし、俺をこんな目に遭わせるとただではすまんぞ」

「だから、どこの何者だ」

「ふん」

鼻で嗤う男に向かって、

「では」と陽一は言う。「そんな危険な男は、大神神社に封印してもらっておこう」

「ちょ、ちょっと待て！」男は急に焦った。「それだけは、勘弁してくれ。俺一人の力では、永遠に抜け出せなくなる」

「名前は？」

「……天地否《あまちいなめ》」

「磯笛の仲間だな」

「そうだ。彼女の命令でここに来た」

「ずっと、紗也を狙っていたのか」

「わざわざ、神奈川からおびき寄せたんだ。大神神社に来るように仕向けてな」

「危ない目に遭わせながらか」

「逆だよ」男は嗤う。「どうしてもここまで来てもらわなくてはならなかったから、途中ではむしろ助けたりもした」

「それも、磯笛の命令だったのか」

「ああ、そうだ」

「しかし、磯笛はもういない。鎮女池に沈んでしまった」

「そうかな。彼女を甘く見ていると痛い目に遭うぞ」

「なんだって……」

「陽一くん」と、追いついた彩音が尋ねた。「どうする、その男」

「実に不吉な名前の男じゃの」佐助も入る。「わしが後で、封印しておこう」

「何なんだおまえたち！」天地が引きつった声を上げる。「人間ではないのかっ」

「この世にも、あんたも知らん世界が、まだまだあるわい」

佐助は笑った。

「彩音さんたちも、何か見えたんですか？」

「い、いえ」驚いて尋ねる紗也に向かって、彩音は曖昧に答える。「ただ何となく……ね」

「神々が住む場所には」忘澤が言う。「色々なモノたちも棲んでいるからな」

「あんた」佐助が感心したように声を上げた。「よく気がついたもんじゃのう。はっきりと見えたんか」

「いいや。ただ、ぼんやりとね。だが、よくある」

そう言って忘澤は、陽一をうっすらと見た。しかし、すぐに視線を外すと、

「そのために、上司と喧嘩《けんか》になった」

「えっ」紗也が尋ねる。「もしかして、それで——」

「その場に何かがいたとかいないとか、言い争った。それで停職だ」

「じゃあ、早見淳一さんの時も？」

「遥か遠くから、現場がはっきり見えた。それで、あの男たちの顔もすぐに分かった。ただ単に、普通の人々よりも異常に目が良いのかも知れないな」忘澤は笑った。

「だから余計に、目に見える物しか信じられない人間とは、仕事ができない。少なくとも、そんな上司はいらん」

「でも！　見えていない私たちからしたら、やっぱりそれは——」

では、と忘澤は紗也を見た。

「形として見ることができる愛情は、いくらでもある。だからといってきみは、形に顕《あらわ》れない愛情の存在を、否定するかね」

「え……」

紗也は言葉に詰まった。

そうだ。

いつも、紗也の側には陽一がいてくれているではないか。

目に見えなくても、そこにいる。少なくとも、紗也はそう信じている。

きっと、今この時もいてくれているんだ、と……。

そんなことを思って、無言のまま頷く紗也を、彩音たちが優しく見つめていた。

エピローグ

彩音たちは、予想通りレッカー移動させられていた車にようやくのことで乗り込むと、東京へと向かっていた。

昼食と夕食を兼ねた軽い食事を摂って、大急ぎで京都を出発したのだが、もう、すっかり夕暮れになっていた。真っ赤な夕焼けが、美しく西の空を染めている。きっと、三輪山も綺麗なシルエットを、奈良の空に浮かび上がらせていることだろう。

了にも連絡を入れたが、中目黒の実家に到着する頃には、夜中になる。

「巳雨。グリと一緒に、寝て行きなさい」

彩音の言葉に巳雨は後部座席で「うん」と頷いたが、

「あれ？」と楽しそうな声を上げた。「グリ、何持ってるの？　貸して」

その声に何気なく振り向いた陽一は、巳雨の手元を見て思い切り叫んでしまった。

「巳雨ちゃん、それって！」

「な、何よ」ハンドルを握っている彩音は、ビクリと反応して陽一を見る。「驚かさないでよ。危ないじゃない」

「で、でも、彩音さん！」

陽一は、巳雨から何かを、まるで奪い取るようにして受け取り、彩音に見せる。

それは、十センチほどの長さの棒を「＊《アステリスク》」のマークのように三本重ねた形になっており、各々の先端には、白く丸い玉がついている――。

「ちょっと……！」

それを見た瞬間、彩音は目を丸くして息を呑んだ。

そして、あわててハザードランプを点灯させると、車を路肩に寄せて停めた。そしてその物体を陽一から受け取る。

「陽一くん……。もしかして、これ」

「間違いありません」陽一は体が震えた。「十種《とくさ》の神宝《かんだから》のうちの一つ、『蛇比礼《おろちのひれ》』です！」

「本物よ、これ」彩音は、後ろを振り返る。「どうしたの、こんな物を！」

「グリが持ってた。誰かに見つかるといけないから、今までバッグの中に隠しておいたんだって」巳雨が答える。「さっきの、蛇遣いの嫌なおじさんのポケットにあったから、勝手にもらったって言ってるよ」

「鳴石に飛びついた時だ！」

「突然バッグから飛び出して、また大急ぎで戻って来たから、全然気がつかなかったわ。それに私たちもあわてて走っていたから」

「巳雨も、気がつかなかった」巳雨も身を乗り出して、蛇比礼を眺める。「これ、グリの毛の色に似てるしね」

「グリ、良くやったな」陽一は体を捻って、グリの頭を撫でた。「畏れ入りました。おまえは素晴らしいよ！」

「ニャンゴ」

「照れるって」

彩音さん、と陽一は目を輝かせた。

「これで神宝は、三つになりましたね」

「そうね」と彩音は、蛇比礼を陽一に返し再び車をスタートさせた。「でも、残念なことに道反《ちがえしの》玉は、あの磯笛と共に鎮女池に……」

いえ、と陽一は自分の手の中の「蛇比礼」に目を落として言う。

「あの、天地というヌリカベが言っていました。磯笛を甘く見ていると痛い目に遭う、と。だから、もしかすると磯笛は池から抜け出しているかも知れません」

「そうね」彩音は頷く。「どちらにしても、油断はできないわね。それに」

彩音は、アクセルを踏み込みながら、切れ長の眼を細める。

「近頃急に、全国各地で小さな群発地震や小規模な噴火が起こっているみたい。これは、ひょっとしたら日本の神々が怒っているのか——」

「もしくは今回のように、磯笛たちが怒らせているのか」

「でも、前にも言ったけれど、わざわざ神々を怒らせるという理由が分からない。日本の国を壊して、一体どうしようというのかしら」

「それは」陽一は眉をひそめる。「想像がつきません。でも、今はとにかく——」

摩季の初七日まで、あと四日。

いや、あと数時間で、残り三日になってしまう。

「摩季ちゃんのことを」

陽一は言って、彩音も厳しい顔で頷く。

後部座席で楽しそうにじゃれている巳雨とグリを乗せて、彩音の運転する車は一路、東京へ向かって飛ばした。

参考文献

『古事記』次田真幸全訳注／講談社
『日本書紀』坂本太郎・家永三郎・井上光貞・大野晋／岩波書店
『続日本紀』宇治谷孟／講談社
『万葉集』中西進／講談社
『枕草子』清少納言・石田穣二訳注／角川書店
『常陸国風土記』秋本吉徳／講談社
『風土記』武田祐吉／岩波書店
「肥前國風土記」
「山城國風土記　逸文」
『延喜式祝詞（付）中臣寿詞』粕谷興紀／和泉書院
『神道辞典』安津素彦・梅田義彦編集兼監修／神社新報社
『日本架空伝承人名事典』大隅和雄・西郷信綱・阪下圭八・服部幸雄・廣末保・山本吉左右／平凡社
『隠語大辞典』木村義之・小出美河子／皓星社
『日本史広辞典』日本史広辞典編集委員会／山川出版社

『古事記の本』学習研究社
『古神道の本』学習研究社
『姫神の本』学習研究社
『図説日本呪術全書』豊島泰国／原書房
『古代物部氏と「先代旧事本紀」の謎』安本美典／勉誠出版
『鬼の大事典』沢史生／彩流社
『大和誕生と神々――三輪山のむかしばなし――』田中八郎／彩流社
『蛇――日本の蛇信仰』吉野裕子／講談社
『消された覇王』小椋一葉／河出書房新社
『豊饒の海　奔馬』三島由紀夫／新潮社
『大神神社』三好和義・岡野弘彦ほか／淡交社
『賀茂社　上賀茂神社・下鴨神社』三好和義・岡野弘彦ほか／淡交社
『三輪明神　大神神社』大神神社
『石上神宮』石上神宮
『新鹿島神宮誌』鹿島神宮社務所
『倭姫命世記』大神宮叢書所収／倭姫宮御杖代奉賛会
観世流謡本『三輪』丸岡明／能楽書林

この作品は完全なるフィクションであり、
実在する個人名・団体名・地名等が登場することに関し、
それら個人等について論考する意図は全くないことを
ここにお断り申し上げます。

この本の執筆に際し大変お世話になりました、
講談社文芸第三出版部部長、栗城浩美氏。
三輪山登拝終了後の夜、うなされてベッドから転げ落ちたという
当時の担当編集、大久保《D》恭介氏。
文庫化に際し、いつもお世話になっています、
文庫出版部、西川浩史氏。
そして、奈良でお会いしました全ての方々に、
この場を借りて、心より御礼申し上げます。
ありがとうございました。

高田崇史公認ファンサイト『club TAKATAKAT』
URL:http://takatakat.club　管理人:魔女の会
Twitter:「高田崇史@club-TAKATAKAT」
facebook:高田崇史Club takatakat　管理人:魔女の会

『神の時空　嚴島の烈風』
『神の時空　伏見稲荷の轟雷』
『神の時空　五色不動の猛火』
『神の時空　京の天命』
『神の時空　前紀　女神の功罪』
『毒草師　白蛇の洗礼』
『千葉千波の怪奇日記　化けて出る』
『QED ～flumen～　月夜見』
『QED ～ortus～　白山の頻闇』
（以上、講談社ノベルス）
『毒草師　パンドラの鳥籠』
（以上、朝日新聞出版）
『七夕の雨闇　毒草師』
（以上、新潮社）

《高田崇史著作リスト》

『QED　百人一首の呪《しゅ》』
『QED　六歌仙の暗号』
『QED　ベイカー街の問題』
『QED　東照宮の怨《えん》』
『QED　式の密室』
『QED　竹取伝説』
『QED　龍馬暗殺』
『QED ～ventus～　鎌倉の闇《くらやみ》』
『QED　鬼の城伝説』
『QED ～ventus～　熊野の残照』
『QED　神器封殺』
『QED ～ventus～　御霊将門』
『QED　河童伝説』
『QED ～flumen～　九段坂の春』
『QED　諏訪の神霊』
『QED　出雲神伝説』
『QED　伊勢の曙光』
『QED ～flumen～　ホームズの真実』
『毒草師　QED Another Story』
『試験に出るパズル』
『試験に敗けない密室』
『試験に出ないパズル』
『パズル自由自在』
『麿の酩酊事件簿　花に舞』
『麿の酩酊事件簿　月に酔』
『クリスマス緊急指令』
『カンナ　飛鳥の光臨』
『カンナ　天草の神兵』
『カンナ　吉野の暗闘』
『カンナ　奥州の覇者』
『カンナ　戸隠の殺皆』
『カンナ　鎌倉の血陣』
『カンナ　天満の葬列』
『カンナ　出雲の顕在』
『カンナ　京都の霊前』
『鬼神伝　龍の巻』
『神の時空　鎌倉の地龍』
『神の時空　倭の水霊』
『神の時空　貴船の沢鬼』
『神の時空　三輪の山祇』
（以上、講談社ノベルス、講談社文庫）
『鬼神伝　鬼の巻』
『鬼神伝　神の巻』
（以上、講談社ミステリーランド、講談社文庫）
『軍神の血脈　楠木正成秘伝』
（以上、講談社単行本、講談社文庫）

●この作品は、二〇一五年七月に、講談社ノベルスとして刊行されたものです。

|著者|高田崇史　昭和33年東京都生まれ。明治薬科大学卒業。『ＱＥＤ　百人一首の呪』で、第９回メフィスト賞を受賞しデビュー。

神《かみ》の時空《とき》　三輪《みわ》の山祇《やまつみ》
高田崇史《たかだたかふみ》

講談社文庫
定価はカバーに
表示してあります

2018年３月15日第１刷発行

発行者――渡瀬昌彦
発行所――株式会社　講談社
東京都文京区音羽2-12-21　〒112-8001
電話　出版（03）5395-3510
　　　販売（03）5395-5817
　　　業務（03）5395-3615

デザイン―菊地信義
本文データ制作―講談社デジタル製作
印刷―――豊国印刷株式会社
製本―――株式会社国宝社

Printed in Japan

ISBN978-4-06-293865-5

講談社文庫刊行の辞

二十一世紀の到来を目睫に望みながら、われわれはいま、人類史上かつて例を見ない巨大な転換期をむかえようとしている。

世界も、日本も、激動の予兆に対する期待とおののきを内に蔵して、未知の時代に歩み入ろうとしている。このときにあたり、創業の人野間清治の「ナショナル・エデュケイター」への志を現代に甦らせようと意図して、われわれはここに古今の文芸作品はいうまでもなく、ひろく人文・社会・自然の諸科学から東西の名著を網羅する、新しい綜合文庫の発刊を決意した。

激動の転換期はまた断絶の時代である。われわれは戦後二十五年間の出版文化のありかたへの深い反省をこめて、この断絶の時代にあえて人間的な持続を求めようとする。いたずらに浮薄な商業主義のあだ花を追い求めることなく、長期にわたって良書に生命をあたえようとつとめるところにしか、今後の出版文化の真の繁栄はあり得ないと信じるからである。

同時にわれわれはこの綜合文庫の刊行を通じて、人文・社会・自然の諸科学が、結局人間の学にほかならないことを立証しようと願っている。かつて知識とは、「汝自身を知る」ことにつきていた。現代社会の瑣末な情報の氾濫のなかから、力強い知識の源泉を掘り起し、技術文明のただなかに、生きた人間の姿を復活させること。それこそわれわれの切なる希求である。

われわれは権威に盲従せず、俗流に媚びることなく、渾然一体となって日本の「草の根」をかたちづくる若く新しい世代の人々に、心をこめてこの新しい綜合文庫をおくり届けたい。それは知識の泉であるとともに感受性のふるさとであり、もっとも有機的に組織され、社会に開かれた万人のための大学をめざしている。大方の支援と協力を衷心より切望してやまない。

一九七一年七月

野間省一

講談社文庫 最新刊

松岡圭祐
黄砂の進撃
中国人の近代化の萌芽《ほうが》と、秘めたる強さの秘密とは？『黄砂の籠城』と対になる傑作！

内館牧子
終わった人
定年って生前葬だな。これからどうする？大反響を巻き起こした大ヒット「定年」小説。

海堂尊
スリジエセンター1991
天才外科医は革命を起こせるか。衝撃と感動。「ブラックペアン」シリーズついに完結。

竹本健治
涙《るい》香《こう》迷《めい》宮《きゅう》
明治の傑物黒岩涙香が残した最高難度の暗号に挑むのはIQ208の天才囲碁棋士牧場智久。

林真理子
見城徹
過剰な二人
最上のパートナーのつくり方がここにある！とてつもない人生バイブルが文庫で登場。

石川智健
60《ロクジュウ》〈誤判対策室〉
老刑事・女性検事・若手弁護士の3人チームが、冤罪事件に挑む傑作法廷ミステリー！

花房観音
恋塚
夫を殺してくれと切望する不倫相手に易々と籠絡《ろうらく》される男。文芸官能の極致を示す6編。

決戦！シリーズ
決戦！本能寺
大好評「決戦！」シリーズの文庫化第3弾。その日は戦国時代でいちばん長い夜だった！

高田崇史
神の時空《とき》三輪《みわ》の山祇《やまつみ》
三輪山を祀《まつ》る大神《おおみわ》神社。ここには、どんな怨霊が。そして、怨霊の覚醒は阻止できるのか？

講談社文庫　目録

田牧大和　花合せ〈濱次お役者双六〉
田牧大和　質草破り〈濱次お役者双六 二ます目〉
田牧大和　翔ぶ梅〈濱次お役者双六 三ます目〉
田牧大和　半可心中〈濱次お役者双六〉
田牧大和　長屋狂言〈濱次お役者双六〉
田牧大和　身をつくし〈清四郎よろづ屋始末〉
田牧大和　錠前破り、銀太
田牧大和　錠前破り、銀太 紅蜆《べにしじみ》
田丸公美子　シモネッタの本能三昧イタリア紀行
田丸公美子　シモネッタのどこまでいっても男と女
竹内　明　秘匿捜査〈警視庁公安部スパイハンターの真実〉
高殿　円　カーリー〈I. 黄金の尖塔の国とあひると小公女〉
高殿　円　カーリー〈II. 二十一発の祝砲とプリンセスの休日〉
高殿　円　カーリー〈III. 孵化《ふか》する恋と帝国の終焉〉
高殿　円　メサイア〈警備局特別公安五係〉
田中慎弥　犬と鴉
高野史緒　カント・アンジェリコ
高野史緒　カラマーゾフの妹
瀧本哲史　僕は君たちに武器を配りたい〈エッセンシャル版〉

竹吉優輔　襲名犯
竹吉優輔　レミングスの夏
高田大介　図書館の魔女 第一巻 第二巻
高田大介　図書館の魔女 第三巻 第四巻
高田大介　図書館の魔女 烏《からす》の伝言《つてこと》(上)(下)
大門剛明　反撃のスイッチ
陳　舜臣　中国五千年(上)(下)
陳　舜臣　中国の歴史全七冊
陳　舜臣　中国の歴史 近・現代篇(一)(二)
陳　舜臣　小説十八史略全六冊
陳　舜臣　新装版 阿片戦争全四冊
陳　舜臣　琉球の風(上)(下)〈レジェンド歴史時代小説〉
千早　茜　森の家
筒井康隆　創作の極意と掟
筒井康隆ほか12名　名探偵登場！
津島佑子　黄金の夢の歌
津村節子　遍路みち
津村節子　三陸の海
津本　陽　真田忍俠記(上)(下)

津本　陽　本能寺の変
津本　陽　武蔵と五輪書
津本　陽　幕末御用盗
土屋賢二　純粋ツチヤ批判
塚本青史　呂后
塚本青史　王莽
塚本青史　光武帝(上)(中)(下)
塚本青史　張騫
塚本青史　凱《がい》歌《か》の後《のち》
塚本青史　始皇帝
塚本青史　三国志 曹操伝 上〈落暉の洛陽〉
塚本青史　三国志 曹操伝 中〈群雄の彷徨〉
塚本青史　三国志 曹操伝 下〈赤壁に決す〉
辻原　登　マノンの肉体
辻原　登　寂しい丘で狩りをする
辻村深月　冷たい校舎の時は止まる(上)(下)
辻村深月　子どもたちは夜と遊ぶ(上)(下)
辻村深月　凍りのくじら
辻村深月　ぼくのメジャースプーン

講談社文庫　目録

辻村深月　スロウハイツの神様(上)(下)
辻村深月　名前探しの放課後(上)(下)
辻村深月　ロードムービー
辻村深月　ゼロ、ハチ、ゼロ、ナナ。
辻村深月　V. T. R.
辻村深月　光待つ場所へ
辻村深月　ネオカル日和
辻村深月　島はぼくらと
新川直司 漫画　辻村深月 原作　コミック 冷たい校舎の時は止まる(上)(下)
常光　徹　学校の怪談〈K峠のうわさ〉
常光　徹　学校の怪談〈百円のビデオ〉
坪内祐三　ストリートワイズ
津村記久子　ポトスライムの舟
津村記久子　カソウスキの行方
津村記久子　やりたいことは二度寝だけ
恒川光太郎　竜が最後に帰る場所
月村了衛　神子上《みこがみ》典膳《てんぜん》
出久根達郎　作家の値段
フランソワ・デュボワ　太極拳が教えてくれた人生の宝物〈中国・武当山90日間修行の記〉

戸川昌子　新装版 猟人日記
土居良一　海翁伝
土居良一　修徳記〈直参松前八兵衛〉
土居良一　京都花暦〈直参松前八兵衛〉
ドウス昌代　イサム・ノグチ(上)(下)〈宿命の越境者〉
鳥羽　亮　疾風《はやて》剣《けん》谺《こだま》返し〈深川狼虎伝〉
鳥羽　亮　修羅剣雷《いかずち》斬り〈深川狼虎伝〉
鳥羽　亮　狼《ろう》虎《こ》血《けっ》闘《とう》〈深川狼虎伝〉
鳥羽　亮　御隠居剣法〈駆込み宿　影始末(一)〉
鳥羽　亮　ねむり鬼《き》剣《けん》〈駆込み宿　影始末〉
鳥羽　亮　霞隠れの女〈駆込み宿　影始末〉
鳥羽　亮　のっとり奥坊主〈駆込み宿　影始末〉
鳥羽　亮　かげろう妖剣〈駆込み宿　影始末〉
鳥羽　亮　霞《かすみ》と飛《ひ》燕《えん》〈駆込み宿　影始末〉
鳥越　碧　漱石の妻
鳥越　碧　兄いもうと〈子規庵日記〉
鳥越　碧　花筏 谷崎潤一郎・松子 たゆたう記
東郷　隆　銃士伝
東郷　隆　定吉七番《セブン》の復活

東郷　隆／上田　信 絵　【絵解き】戦国武士の合戦心得〈歴史・時代小説ファン必携〉
東郷　隆／上田　信 絵　【絵解き】雑兵足軽たちの戦い〈歴史・時代小説ファン必携〉
東嶋和子　メロンパンの真実
戸梶圭太　アウトオブチャンバラ
東良美季　猫の神様
堂場瞬一　八月からの手紙
堂場瞬一　壊れる心〈警視庁犯罪被害者支援課〉
堂場瞬一　邪心〈警視庁犯罪被害者支援課2〉
堂場瞬一　二度泣いた少女〈警視庁犯罪被害者支援課3〉
堂場瞬一　身代わりの空(上)(下)〈警視庁犯罪被害者支援課4〉
堂場瞬一　傷
堂場瞬一　埋れた牙
土橋章宏　超高速！参勤交代
土橋章宏　超高速！参勤交代 リターンズ
戸谷洋志　Jポップで考える哲学〈自分を問い直すための15曲〉
富樫倫太郎　信長の二十四時間
夏樹静子　新装版 二人の夫をもつ女
中井英夫　新装版 虚無への供物(上)(下)
長井　彬　新装版 原子炉の蟹

講談社文庫 目録

中島らも　しりとりえっせい
中島らも　今夜、すべてのバーで
中島らも　白いメリーさん
中島らも　寝ずの番
中島らも　さかだち日記
中島らも　バンド・オブ・ザ・ナイト
中島らも　休みの国
中島らも　異人伝 中島らものやり口
中島らも　空からぎろちん
中島らも　僕にはわからない
中島らも　中島らものたまらん人々
中島らも　エキゾティカ
中島らも　あの娘《こ》は石ころ
中島らも　ロバに耳打ち
中島らも　ロカ
中島らも 編著　なにわのアホぢから
中島らもほか　輝きの一瞬〈短くて心に残る30編〉
中島らも チチ松村　らもチチ わたしの半生〈青春篇〉〈中年篇〉
鳴海 章　マルス・ブルー
鳴海 章　中《なか》継《つぎ》刑《デ》事《カ》〈捜査五係申し送りファイル〉
鳴海 章　フェイスブレイカー
鳴海 章　謀略航路
中嶋博行　違法弁護
中嶋博行　司法戦争
中嶋博行　第一級殺人弁護
中嶋博行　ホカベン ボクたちの正義
中嶋博行　新装版 検察捜査
中嶋博行　新検察捜査
中村天風　運命を拓く〈天風瞑想録〉
中山康樹　ジョン・レノンから始まるロック名盤
永井 隆　ドキュメント 敗れざるサラリーマンたち
中島誠之助　ニセモノ師たち
梨屋アリエ　でりばりぃAge
梨屋アリエ　ピアニッシシモ
梨屋アリエ　スリースターズ
中原まこと　笑うなら日曜の午後に
中島京子　FUTON
中島京子　イトウの恋
中島京子　均ちゃんの失踪
中島京子　エルニーニョ
中島京子　妻が椎茸だったころ
奈須きのこ　空の境界 (上)(中)(下)
中村彰彦　名将がいて、愚者がいた
中村彰彦　義に生きるか裏切るか〈名将がいて、愚者がいた〉
中村彰彦　幕末維新史の定説を斬る
中村彰彦　乱世の名将 治世の名臣
長野まゆみ　簞笥のなか
長野まゆみ　となりの姉妹
長野まゆみ　レモンタルト
長野まゆみ　チマチマ記
長嶋 有　夕子ちゃんの近道
長嶋 有　電化文学列伝
長嶋 有　佐渡の三人
永嶋恵美　擬態
永井 均 内田かずひろ 絵　子どものための哲学対話
なかにし礼　戦場のニーナ
なかにし礼　生きる力〈心でがんに克《か》つ〉

講談社文庫　目録

中路啓太　己惚れの記
中村文則　最後の命
中村文則　悪と仮面のルール
中田整一　トレイシー〈日本兵捕虜秘密尋問所〉
編/解説 中田整一　真珠湾攻撃総隊長の回想〈淵田美津雄自叙伝〉
中村江里子　女四世代、ひとつ屋根の下
中野美代子　カスティリオーネの庭
中野孝次　すらすら読める方丈記
中野孝次　すらすら読める徒然草
中山七里　贖罪の奏鳴曲《ソナタ》
中山七里　追憶の夜想曲《ノクターン》
長島有里枝　背中の記憶
長浦京　赤《セキ》刃《ジン》
中澤日菜子　お父さんと伊藤さん
中澤日菜子　おまめごとの島
長辻象平　半百《はんびゃく》の白刃 虎徹と鬼姫(上)(下)
西村京太郎　四つの終止符
西村京太郎　七人の証人
西村京太郎　華麗なる誘拐
西村京太郎　寝台特急「日本海」《メモリー・トレイン》殺人事件
西村京太郎　十津川警部 帰郷・会津若松
西村京太郎　特急「あずさ」《アリバイ・トレイン》殺人事件
西村京太郎　寝台特急「北斗星」《ロイヤル・トレイン》殺人事件
西村京太郎　十津川警部 姫路・千姫殺人事件
西村京太郎　十津川警部の怒り
西村京太郎　新版 名探偵なんか怖くない
西村京太郎　十津川警部「荒城の月」殺人事件
西村京太郎　宗谷本線殺人事件
西村京太郎　奥能登に吹く殺意の風
西村京太郎　特急「北斗1号」《スーサイド・トレイン》殺人事件
西村京太郎　十津川警部「悪夢」通勤快速の罠
西村京太郎　十津川警部 五稜郭殺人事件
西村京太郎　十津川警部 湖北の幻想
西村京太郎　九州新特急「つばめ」殺人事件
西村京太郎　九州特急「ソニックにちりん」殺人事件
西村京太郎　十津川警部 幻想の信州上田
西村京太郎　高山本線殺人事件
西村京太郎　十津川警部 金沢・絢爛たる殺人
西村京太郎　伊豆誘拐行
西村京太郎　東京・松島殺人ルート
西村京太郎　秋田新幹線「こまち」殺人事件
西村京太郎　十津川警部 生死を分けた石見銀山《トリアージ》
西村京太郎　悲運の皇子《みこ》と若き天才の死
西村京太郎　十津川警部 長良川に犯人を追う
西村京太郎　新装版 殺しの双曲線
西村京太郎　十津川警部 西伊豆変死事件
西村京太郎　愛の伝説・釧路湿原
西村京太郎　山形新幹線「つばさ」殺人事件
西村京太郎　新装版 名探偵に乾杯
西村京太郎　十津川警部 君は、あのSLを見たか
西村京太郎　南伊豆殺人事件
西村京太郎　十津川警部 青い国から来た殺人者
西村京太郎　十津川警部 箱根バイパスの罠
西村京太郎　新装版 天使の傷痕
西村京太郎　新装版 D機関情報
西村京太郎　十津川警部 猫と死体はタンゴ鉄道に乗って
西村京太郎　韓国新幹線を追え

講談社文庫　目録

西村京太郎　北リアス線の天使
西村京太郎　十津川警部 長野新幹線の奇妙な犯罪
西村京太郎　上野駅殺人事件
西村京太郎　京都駅殺人事件
西村京太郎　沖縄から愛をこめて
新田次郎　新装版 武田勝頼 (一)陽の巻 (二)水の巻 (三)空の巻
新田次郎　新装版 聖職の碑《いしぶみ》
新田次郎　新装版 風の遺産
新田次郎　新装版 鷲ヶ峰物語
日本文芸家協会編　愛　染　夢　灯　籠〈時代小説傑作選〉
日本推理作家協会編　殺　人　の　教　室〈ミステリー傑作選〉
日本推理作家協会編　犯人たちの部屋〈ミステリー傑作選〉
日本推理作家協会編　隠　さ　れ　た　鍵〈ミステリー傑作選〉
日本推理作家協会編　セブン ミステリーズ〈ミステリー傑作選〉
日本推理作家協会編　曲げられた真相〈ミステリー傑作選〉
日本推理作家協会編　至高のミステリー、ここにあり MARVELOUS MYSTERY〈ミステリー傑作選〉
日本推理作家協会編　Play《プレイ》推理遊戯〈ミステリー傑作選〉
日本推理作家協会編　Doubt《ダウト》きりのない疑惑〈ミステリー傑作選〉
日本推理作家協会編　Bluff《ブラフ》騙し合いの夜〈ミステリー傑作選〉

日本推理作家協会編　Spiral《スパイラル》めくるめく謎〈ミステリー傑作選〉
日本推理作家協会編　Logic《ロジック》真相への回廊〈ミステリー傑作選〉
日本推理作家協会編　BORDER《ボーダー》善と悪の境界〈ミステリー傑作選〉
日本推理作家協会編　Guilty《ギルティ》殺意の連鎖〈ミステリー傑作選〉
日本推理作家協会編　Shadow《シャドウ》闇に潜む真実〈ミステリー傑作選〉
日本推理作家協会編　Junction《ジャンクション》運命の分岐点〈ミステリー傑作選〉
日本推理作家協会編　Question《クエスチョン》謎解きの最高峰〈ミステリー傑作選〉
日本推理作家協会編　Symphony《シンフォニー》漆黒の交響曲〈ミステリー傑作選〉
日本推理作家協会編　Esprit《エスプリ》機知と企みの競演〈ミステリー傑作選〉
日本推理作家協会編　Life《ライフ》人生、すなわち謎〈ミステリー傑作選〉
日本推理作家協会編　Love《ラブ》恋、すなわち罠〈ミステリー傑作選〉
日本推理作家協会編　〈東野圭吾選〉謎 0 0 1〈スペシャル・ブレンド・ミステリー〉
日本推理作家協会編　〈宮部みゆき選〉謎 0 0 2〈スペシャル・ブレンド・ミステリー〉
日本推理作家協会編　〈恩田陸選〉謎 0 0 3〈スペシャル・ブレンド・ミステリー〉
日本推理作家協会編　〈京極夏彦選〉謎 0 0 4〈スペシャル・ブレンド・ミステリー〉
日本推理作家協会編　〈伊坂幸太郎選〉謎 0 0 5〈スペシャル・ブレンド・ミステリー〉
日本推理作家協会編　〈今野敏選〉謎 0 0 6〈スペシャル・ブレンド・ミステリー〉
日本推理作家協会編　〈桜庭一樹選〉謎 0 0 7〈スペシャル・ブレンド・ミステリー〉
日本推理作家協会編　〈辻村深月選〉謎 0 0 8〈スペシャル・ブレンド・ミステリー〉

日本推理作家協会編　〈綾辻行人選〉謎 0 0 9〈スペシャル・ブレンド・ミステリー〉
日本推理作家協会編　〈大沢在昌選〉謎 0 1 0〈スペシャル・ブレンド・ミステリー〉
二階堂黎人　双面獣事件 (上)(下)
二階堂黎人　覇王の死 (上)(下)
二階堂黎人　ラ　ン　迷　宮〈二階堂蘭子探偵集〉
新美敬子　世界の旅猫105
西澤保彦　解　体　諸　因
西澤保彦　新装版 七回死んだ男
西澤保彦　殺意の集う夜
西澤保彦　人格転移の殺人
西澤保彦　麦酒《ばくしゅ》の家の冒険
西澤保彦　ソフトタッチ・オペレーション
西澤保彦　新装版 瞬間移動死体
西澤保彦　いつか、ふたりは二匹
西村　健　ビ　ン　ゴ
西村　健　脱　出 GETAWAY
西村　健　突　破 BREAK
西村　健　劫火1 ビンゴ R《リターンズ》
西村　健　劫火2 大脱出

2017年12月15日現在